UN FUOCO DEVASTANTE

Il Fuoco della Passione

J.H. CROIX

Questo libro è un'opera di finzione. I nomi, i personaggi, le organizzazioni, luoghi ed episodi descritti sono frutto dell'immaginazione dell'autore e sono utilizzati in modo fittizio. Qualsiasi somiglianza con persone reali viventi o defunte, o eventi è puramente casuale.

Traduzione italiana: Laura Marastoni

Progetto grafico di copertina: Cormar Covers

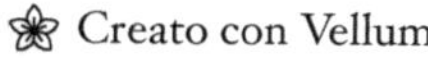 Creato con Vellum

Capitolo Uno

WARD

Non riuscivo a smettere di guardare Susannah Gilmore, dalla parte opposta della sala. Era appoggiata al bancone in legno lucido, i capelli biondo ramato che le ricadevano sulle spalle in una cascata di ricci. Non sentivo quello che le stava dicendo il barista, ma provai subito una fitta di gelosia. Se la stava palesemente mangiando con gli occhi.

Non che potessi biasimarlo. Susannah era bella da togliere il fiato. Forte e indipendente, una vera peperina e così maledettamente sexy che solo per miracolo ero riuscito a tenere a posto le mani negli ultimi giorni.

Ero a Willow Brook, Alaska, per conoscere la squadra di pompieri hotshot a cui mi sarei unito per riempire il posto vacante di caposquadra. Mi restava soltanto un'altra notte prima di tornare da mia madre. Avrei dovuto iniziare a lavorare quella settimana stessa, ma proprio in quei giorni mia mamma era stata ricoverata all'ospizio e avevo dovuto rivedere i piani.

Ma prima di tornare a casa e stare via per un mese intero c'era una cosa che volevo assolutamente fare: passare un'altra notte insieme a Susannah, rivivere quella serata intima di quattro anni prima dopo la fine dell'addestramento hotshot in California. I ricordi di quella notte erano ancora vividi nella mia mente. Ero rimasto a dir poco sorpreso di scoprire che sarebbe stata tra i miei sottoposti nella squadra.

Quattro anni sono più che sufficienti per dimenticare qualcuno. Eppure, ero comunque riuscito a percepire la sua presenza manco messo piede in caserma. Il mio corpo era come un diapason che vibrava solo ed esclusivamente per lei. Ero lì ormai da tre giorni e il mio desiderio era rimasto alle stelle. I nostri corpi si attiravano come calamite, incendiandosi al minimo sguardo.

Andarle dietro non era certo una mossa saggia. Lo sapevo bene. Maledizione, di lì a poco sarei diventato il suo capo. Eppure, in quel momento non volevo dar retta alla ragione. Volevo lasciarmi andare e dimenticare tutto il resto, con il gradito aiuto di Susannah.

Il barista distolse l'attenzione da Susannah per servire un altro cliente. La squadra mi aveva portato al Wildlands, che a giudicare dall'elevata clientela doveva essere un locale molto popolare. Era piuttosto tardi e molti di noi erano già tornati a casa. Con il barista occupato, ne approfittai per fare la mia mossa.

Appoggiandomi accanto a Susannah, le lanciai un'occhiata. Soltanto la vicinanza bastò a fare irrigidire ogni muscolo del mio corpo, compreso quello tra le gambe. Riusciva a farmi eccitare anche senza far niente. La sua esistenza era più che sufficiente.

I suoi occhi azzurri incrociarono i miei quando si voltò, un lieve rossore le pitturò le guance.

"Ward, pensavo fossi già tornato a casa," mi disse.

Posai i gomiti sul bancone, giusto per nascondere l'eccitazione pulsante. Scossi la testa, incantato dal suo sguardo intenso. "Non ancora."

Rimanemmo fermi così a fissarci e una scarica di elettricità passò tra di noi, facendo vibrare l'aria. Qualche anno prima ero andato in Alaska per dare una mano con un incendio nell'entroterra, dove un collega mi aveva parlato dell'eruzione del vulcano Augustine negli anni Ottanta. A detta sua, la cenere aveva formato piccole nubi in cui particelle di polvere si elettrificavano collidendo l'una con l'altra, dando vita a una tempesta di fulmini in miniatura.

Non avevo mai assistito a un fenomeno del genere, ma le sue parole mi avevano colpito nel profondo. Ecco, quando stavo vicino a Susannah accadeva la stessa cosa.

Non disse una parola, ma non distolse nemmeno lo sguardo. Tirò fuori la lingua, facendola scivolare sul labbro inferiore.

Dopo un momento, continuò. "Dobbiamo trovare una soluzione."

"Per cosa?" le domandai.

La sentii inspirare a fondo. Mi presi un momento per ammirarla da vicino. Le guance di porcellana erano puntellate da adorabili lentiggini, il naso piccolo puntava all'insù. Era bella da togliere il fiato e allo stesso tempo adorabile, con quell'aria da maschiaccio che mi faceva impazzire. Avevo perso la testa per lei e nemmeno io riuscivo a spiegarmi il perché. Avevo incontrato altre donne meravigliose nella mia vita. Non erano molte quelle che intraprendevano la carriera di vigile del fuoco, eppure non era l'unica eccezione. Ma per me lo era. Anche solo guardarla era come un pugno allo stomaco e al cuore. Come un'iniezione diretta di adrenalina e desiderio nelle vene.

Poi capii la sua domanda. La cruda realtà era che stavo per diventare il suo caposquadra e da quel momento avrebbe dovuto rispondere direttamente a me. Nonostante il significato delle sue parole fosse ovvio, volevo sentirglielo dire. Perché ancora non ero il suo capo e non lo sarei diventato fino al mio ritorno. Non l'avrei mai ammesso ad alta voce, ma quella nuova situazione me la faceva desiderare ancora di più. Quel senso di relazione "proibita" era come benzina che alimentava il fuoco che mi ardeva dentro.

Susannah sollevò il mento, senza esitare o distogliere lo sguardo. "A breve diventerai il mio caposquadra. Dobbiamo dimenticare quella notte insieme."

Ressi il suo sguardo, scuotendo lentamente la testa. "Non puoi costringermi a dimenticare proprio un bel niente e so benissimo che nemmeno tu l'hai dimenticata. Ti dirò, io invece sono dell'opinione che dovremmo ripeterla. Oggi stesso."

Dischiuse le labbra e udii il suo respiro tra i denti. Sicuramente non si aspettava che sarei stato così diretto. Ma fanculo. Sapevo benissimo chi e cosa volessi. Lei. Completamente nuda e sotto di me.

Il suo sguardo si fece più intenso. Per un momento pensai mi stesse per mandare a fare in culo, ma non lo fece. Invece, annuì in modo quasi impercettibile.

Prese in mano il bicchiere e si scolò il drink in un sorso. "Seguimi."

"Con piacere," risposi.

Si voltò dall'altra parte e prese a camminare, gli stivali da cowboy che facevano scricchiolare il parquet mentre ondeggiava i fianchi a ogni passo.

Capitolo Due

SUSANNAH

Sentivo lo sguardo ardente di Ward su di me mentre camminava alle mie spalle. Facendomi strada tra i tavoli, percepivo a malapena il brusio delle voci che ci circondavano. Il locale era affollato, ma per me era come se ci fossimo soltanto noi due. Entrai nel corridoio sul retro, senza neanche dover controllare se mi stesse ancora seguendo. Il mio corpo lo sapeva con la più assoluta certezza. L'attrazione che c'era tra di noi caricava l'aria di elettricità. Avevo sperato con tutta me stessa che quel fuoco intenso e ardente che c'era stato un tempo tra di noi si fosse ormai estinto, ma quando l'avevo visto entrare in caserma qualche giorno prima aveva ripreso vita.

Dall'ultima volta in cui l'avevo visto, Ward Taylor era chissà come diventato ancora più bello e affascinante. Che fosse un giudizio soggettivo o meno, a me faceva venire le farfalle nello stomaco. Riccioli neri, sempre un po' spettinati, e quei meravigliosi occhi grigio argento, come il cielo durante un temporale estivo. Un suo sguardo bastava a togliermi il fiato. Per non parlare del suo corpo, scolpito alla perfezione.

Pensavo di essere immune al fascino degli uomini come lui. Lavorando come hotshot, passavo le giornate insieme a omoni muscolosi. Eppure, nessuno mi aveva mai scatenato dentro emozioni così intense.

Ward era un uomo avvolto in un'aura pericolosa, con una forza e una potenza nascoste sotto la superficie. Durante l'addestramento, si teneva alla larga da tutti. Oh, era un compagno di squadra eccezionale, ma preferiva restare anonimo. Avevo come il sospetto che doveva essere stato ferito profondamente, ma avevo preferito non indagare più a fondo.

Per quanto avessi provato a cancellarla dalla mia memoria, non ero mai riuscita a dimenticare quella notte passata insieme. Era stata la migliore esperienza sessuale della mia vita e nessun'altra sarebbe mai stata neanche lontanamente paragonabile. Tre giorni passati a incrociarci in caserma, come due pietre focaie che vengono strofinate ancora e ancora, creando ogni volta scintille che andavano ad alimentare quel fuoco che non voleva saperne di spegnersi.

Mentre stavo impazzendo all'idea che sarebbe diventato il mio capo, mi scioglievo ai suoi piedi ogni volta che ce l'avevo intorno. Ma la luce alla fine del tunnel era sempre più vicina, perché Ward sarebbe partito di nuovo per un mese per tornare dalla madre malata. In sua assenza la squadra sarebbe stata seguita da Cade e Levi, così come stavano facendo ormai dalle dimissioni di Al.

Uno dei miei compagni se l'era presa perché non era stato scelto come nuovo caposquadra. E alla notizia la squadra aveva tirato un sospiro di sollievo. Chad era proprio uno stronzo. Per me Al avrebbe dovuto licenziarlo senza pensarci due volte. Ward si sarebbe trovato di fronte allo stesso problema, ma sicuramente lui ne sarebbe stato più all'altezza.

Ward non si faceva mettere i piedi in testa da nessuno. Era un uomo razionale e profondamente dedito al suo lavoro, esattamente la persona di cui avevamo bisogno. Ovviamente ero molto dispiaciuta per sua madre, anche se lui non lasciava trapelare la benché minima emozione, ma almeno avrei avuto un po' di tempo per respirare e riorganizzare le idee.

Eppure, in quel momento stavo facendo una vera pazzia. Lì al bancone mi aveva come stregata con uno sguardo. Lo desideravo ardentemente. Avevo ceduto subito, come una sciocca, ma il bisogno carnale mi stava come soffocando e non potevo più ignorarlo. Ero convintissima che dopo un'ultima notte insieme saremmo riusciti a voltare finalmente pagina.

Sapevo poco o niente sulla vita personale di Ward. Durante l'addestramento si era fatto pochi amici. Era sempre distante e per i fatti suoi. Non amava uscire a divertirsi come gli altri ragazzi, tantomeno cercava l'amore. Per l'appunto, a detta sua quella nostra avventura di una notte era "perfetta" proprio perché non ci saremmo mai più rivisti.

Chissà per quale motivo voleva ripetere quell'esperienza, cosa ne avrebbe pensato dopo. Stavo camminando lungo il corridoio da quella che mi sembrava ormai un'eternità, sentendo già le mutandine umide. Soltanto pensare al suo membro duro e turgido sprofondare dentro di me mi fece eccitare da matti.

Ward era un esperto con le mani, le labbra e la lingua. Era riuscito a farmi sciogliere completamente dopo aver esplorato ogni centimetro del mio corpo, compreso il mio sesso già fradicio per lui, prima di avermi scopata fino ad annullarmi i sensi.

Magari un altro round avrebbe finalmente raso al suolo quel desiderio pressante.

Arrivata davanti alla porta del bagno mi fermai e

mi voltai. Lo vidi alle mie spalle, che si avvicinava con falcate lunghe e decise.

"Devo entrare un minuto in bagno, ok?"

Annuì, lo sguardo che bruciava l'aria che ci separava. Si fermò ed entrai alla toilette, appoggiandomi alla porta per riprendere fiato.

No, non dovevo usare il bagno. Avevo soltanto bisogno di un momento per riprendermi. Mi guardai allo specchio. Avevo i capelli leggermente spettinati e le guance arrossate. La presenza di Ward mi faceva sentire tutta un fuoco. Con un respiro profondo mi gettai dell'acqua fresca sul viso e poi mi lavai le mani, il corpo che fremeva per l'eccitazione.

Quando tornai in corridoio trovai Ward poggiato alla parete di fronte alla porta, una mano in tasca e l'altra lungo il fianco. Indossava dei jeans neri, degli scarponi neri in pelle che avevano visto giorni migliori e una maglietta blu scuro che metteva in risalto il petto muscoloso e le spalle larghe. Mi si seccò la gola e il cuore prese a martellare all'impazzata.

Mi sentii mancare il fiato, il sesso che pulsava di desiderio mentre lo guardavo. Eravamo a neanche un metro di distanza. Allungò la mano verso di me e agganciò con un dito un passante della cintura per attirarmi a sé con un movimento secco.

Mi sentivo una donna che aveva pieno controllo sulla sua vita, sul suo destino, sul suo corpo e la sua mente. E per la maggior parte del tempo era vero.

Tranne con Ward. La sua presenza rovente aveva ridotto in cenere le mie difese.

Quando i nostri corpi vennero a contatto per poco non mi sfuggì un gemito dalle labbra. Avevo dimenticato quella meravigliosa sensazione. Ward era così forte e muscoloso, virile fino al midollo. Perfino i suoi lineamenti gli davano un'aria autoritaria: la mascella squadrata, gli zigomi scolpiti, le sopracciglia due linee nere sopra gli occhi grigio argento e il naso con una leggera gobba, come se in passato se lo fosse rotto, ma che contribuiva al suo fascino.

Ward non era un uomo molto sorridente, ma quando lo faceva diventava ancora più pericoloso. Proprio come in quel momento. Con l'accenno di un sorriso sulle labbra, incrociò il mio sguardo.

Mi sentii mancare il fiato e una fitta mi trafisse il basso ventre.

Senza dire una parola mi fece scivolare la mano fino al sedere, premendomi forte contro di sé. Sentii subito l'impronta della sua erezione sul ventre e mi si bagnarono ancora di più le mutandine. Sicuramente era impossibile raggiungere l'orgasmo stando semplicemente accanto a una persona, ma con Ward tutto era possibile.

Sollevò l'altra mano per spostarmi un riccio ribelle dietro l'orecchio e il suo tocco mi fece venire la pelle d'oca.

Facevo fatica a respirare, il corpo che pulsava di desiderio. Senza perdere altro tempo, fece sua la mia bocca. Mi baciò con la stessa passione che ricordavo, con una mano ben salda sulla natica mentre strofinava l'erezione prorompente contro l'apice delle cosce.

Una vampata di calore mi travolse. Ward intrecciò con forza le dita ai miei capelli senza smettere di divorarmi la bocca. Ruvide carezze della sua lingua alternate a morsi sul labbro inferiore. Ero totalmente presa dal nostro bacio, persa talmente in lui da dimenticarmi perfino dove fossimo. Una porta che si aprì mi riportò bruscamente alla realtà.

Avevo le mutandine fradice e il respiro affannato. Mi staccai dalle sue labbra e indietreggiai. Voltai subito lo sguardo verso la porta del parcheggio e vidi entrare un gruppo di persone che non conoscevo. Grazie a Dio. Le probabilità che si trattasse di qualche conoscente erano fin troppo alte. Ero nata e cresciuta a Willow Brook e conoscevo praticamente tutti. Ma eravamo da poco entrati in primavera e i turisti avevano già cominciato a invadere la cittadina.

Il gruppo attraversò il corridoio passando tra me e Ward. Non distolse mai lo sguardo e i suoi occhi attirarono i miei come una calamita. L'intensità che ci trovai dentro era quasi palpabile, come se mi stesse toccando. Quando i passi degli altri clienti riecheggiarono sempre più lontani e i rumori del locale sparirono di nuovo dietro alla porta, Ward eliminò ancora la distanza tra di noi, afferrandomi la mano per attirarmi a sé.

Era come se il mio cervello avesse smesso di funzionare, ogni neurone bruciato dal desiderio troppo ardente. Premuta contro di lui, i capezzoli turgidi e il sesso pulsante, non riuscivo né a respirare né tantomeno a mettere insieme una frase.

"Andiamo," disse con voce roca, e un brivido mi scese lungo la schiena.

Annuii, senza dire nulla. Si voltò, tenendo ben salda la mia mano nella sua. Ricordai così all'improvviso la sensazione di essere stretta tra le sue braccia, un qualcosa che andava oltre il mero desiderio carnale. Quell'uomo, così bello e sexy come il peccato, mi faceva sentire protetta. Nonostante fosse solitario e distaccato, con un alto muro intorno al cuore che non avevo idea di come superare, non mi ero mai sentita così al sicuro con nessun altro in vita mia.

Capitolo Tre

SUSANNAH

Un mese dopo

La lineetta blu apparve davanti ai miei occhi, netta e chiara. Era la terza che mi fissava da sopra il ripiano del bagno. Tre linee blu che dicevano la stessa cosa. Avevo anche un quarto test di gravidanza. Per pura follia o perché proprio non riuscivo ad accettare la realtà sentivo il bisogno di controllare di nuovo. E poi il numero quattro mi piaceva. Era un bel numero pari. Tolsi l'ultimo test dalla confezione con il cuore che mi batteva all'impazzata. Soffocata dall'angoscia, sudavo freddo. Mi sedetti di nuovo sul gabinetto, cercando imbarazzata di fare pipì sul piccolo stick di plastica.

Mi rivestii e controllai subito il test, su cui apparse chiara la linea blu. Quattro test di farmacia erano positivi. Non potevo assolutamente crederci, non riuscivo a dare un senso al loro verdetto. Mille pensieri mi invasero la mente, mentre cercavo di metabolizzare.

Non posso essere incinta. Dev'esserci un errore.

Vai dalla dottoressa, magari è soltanto una sfortunata coincidenza.

Per quanto la mia mente volesse convincersi

dell'errore, il mio corpo non mentiva. Il mio ciclo mestruale era sempre stato puntuale, ma avevo un ritardo di una settimana. Ma com'era possibile fossi rimasta incinta? Ripensai a quella notte di appena un mese prima con Ward. Avevamo usato ogni volta il preservativo.

Una vampata di calore mi travolse solo al ricordo. Quella notte era addirittura riuscita a superare la prima. In quei quattro anni dopo la nostra avventura magica avevo provato a convincermi che stessi solo dilatando le cose, che in realtà fare sesso con lui non era stato poi niente di così speciale.

Invece la mia memoria non aveva minimamente reso giustizia a quella prima notte con lui. Il sesso con Ward era strepitoso. Ore e ore di puro godimento. Nessuno dei due riusciva a sentirsi sazio. Oh. Mio. Dio. Sotto le lenzuola era praticamente un dio, un devastante mix di passione, dominazione e gentilezza. Mai avrei creduto che potesse piacermi così tanto vedere un uomo prendere così saldamente le redini della situazione. Ward riusciva a farmi sciogliere dentro e fuori.

Mi costrinsi a fermarmi, non era il momento di pensare a quanto mi aveva fatta eccitare. Decisamente no. Non dopo aver appena scoperto la mia nuova e sconvolgente realtà. Ero convintissima che avessimo sempre usato il preservativo, ma quei quattro test positivi sul ripiano non potevano mentire. Mi sedetti sul gabinetto, passandomi le mani tra i capelli con un sospiro.

Sarei comunque andata dalla dottoressa per un responso accurato al cento per cento. Ma le prove parlavano chiaro. Ero quasi sicuramente incinta e il padre era Ward.

Irrequieta come non mai, balzai in piedi e corsi

fuori dal bagno, sedendomi alla piccola scrivania d'angolo in soggiorno. Aprii il mio portatile e, scioccamente, cercai *Si può rimanere incinta con il preservativo?*

Wow, meraviglioso. Dalla mia accurata ricerca su internet emerse che anche con il preservativo il rischio di rimanere incinta era di circa il due per cento. I dati globali erano perfino più preoccupanti. Nella vita reale l'efficacia dei preservativi non superava nemmeno l'ottantacinque per cento. Perché la vita reale teneva conto della negligenza e della disattenzione di due individui che ardendo di desiderio passionale bruciavano perfino l'aria attorno a loro.

Richiusi lo schermo con un sospiro amareggiato, poggiandomi allo schienale della sedia. Mi guardai intorno, svogliata. La mia casetta mi piaceva proprio tanto. L'avevo costruita insieme a mio padre qualche anno prima. La mia famiglia possedeva diversi terreni a Willow Brook e dintorni. Vivevo in una zona deliziosa poco distante dai miei genitori. Io e papà avevamo optato per un'adorabile capanna triangolare con una terrazza esterna su entrambi i piani. Al piano di sotto c'era una zona giorno spaziosa e luminosa, con finestre lungo tutta la facciata che si affacciavano su un prato con il lago di Swan sullo sfondo.

Sul retro c'erano la cucina, un bagno e la lavanderia. Il piano di sopra era un solaio con due camere da letto e un altro bagno. Era uno spazio molto luminoso e arioso, con linee moderne ed essenziali. Avrei tanto voluto un cane, ma purtroppo con il mio stile di vita sarebbe stato difficile. Un hotshot partiva in missione anche per settimane intere durante i mesi estivi.

Alle immagini di un cane subentrarono all'improvviso quelle di un bambino. Mi sentii subito sollevata perché avendo due camere da letto lo spazio c'era. Ma mi ritrovai a dover frenare bruscamente la mia mente, così bruscamente da rischiare il colpo di frusta.

Ma che accidenti mi era preso? Stavo davvero considerando l'idea di crescere un bambino?

A quanto pareva, sì. La serietà della situazione mi colpì con così tanta forza da lasciarmi senza fiato. Sarei andata comunque dalla dottoressa per un controllo, ma quei quattro test mi stavano urlando in faccia la realtà — ero incinta.

Sicuramente nemmeno Ward poteva aspettarselo. Avevamo sempre usato le protezioni. Doveva essere un'ultima notte passionale per poi lasciarci tutto alle spalle. Il mattino dopo mi aveva preparato il caffè, senza troppe pretese e formalità. Ero riuscita in qualche modo a convincermi che saremmo andati avanti senza intoppi, affrontando la situazione come due adulti.

Gli avevo detto, "Quindi quando torni facciamo finta non sia mai successo, vero?"

Un lampo gli aveva attraversato gli occhi grigio argento. "Certamente."

Ma avevo appena scoperto di essere incinta e lui sarebbe tornato il giorno dopo. Il fuoco devastante della nostra passione ci aveva sconvolto la vita.

Capitolo Quattro

WARD

"Ecco a te," disse Rex Masters passandomi una tazza di caffè.

Ne bevvi subito un sorso per assaporarlo. "Grazie," replicai con un cenno del capo.

Rex andò a sedersi alla sua scrivania e mi invitò ad accomodarmi di fronte a lui. Mi poggiai allo schienale e feci roteare le spalle per alleviare un po' della tensione accumulata nell'ultimo mese.

Una settimana prima c'erano stati i funerali di mia madre, a cui mio fratello minore aveva osato presentarsi in ritardo. Cercai di ricordare l'ultima volta che l'aveva vista, decidendo infine che era inutile rivangare il passato.

Pieno di dolore e rabbia dopo che il cancro me l'aveva portata via, avevo dovuto fare i conti con l'astio di Dwight. A sua discolpa, probabilmente si era pentito di non essere passato a trovarla in ospizio. Io e mia madre eravamo molto legati, ma in generale la nostra non era una famiglia unita. L'unica cosa che ci legava erano i soldi, una montagna di soldi.

Quindi in realtà la presenza di Dwight non avrebbe

dovuto sorprendermi più di tanto. Suo padre aveva sposato mia madre per il suo denaro, ma con il divorzio non aveva ottenuto nemmeno un centesimo. Quel dettaglio Dwight se l'era legato al dito. Una parte di me avrebbe quasi preferito che lasciasse a mio fratello tutta l'eredità, se non altro per placare una volta per tutte quel rancore. Sarei rimasto in disparte a osservare mentre sperperava tutto quanto, ma alla fine sarebbe toccato senz'altro a me sistemare i suoi casini.

Mia madre aveva redatto il testamento con astuzia. Non era una donna vendicativa, motivo per il quale non sopportavo il fatto che Dwight avesse passato anni e anni a ignorarla. Gli aveva lasciato una delle proprietà di famiglia, un vasto terreno a Bozeman, in Montana, e un piccolo fondo gestito da un esecutore testamentario. Il fatto che fosse qualcun altro a custodire i suoi soldi l'aveva fatto infuriare. Per giorni avevo dovuto sopportare le sue lagne.

Ma grazie a Dio mia madre aveva deciso di non divulgare la mia eredità. Dwight poteva soltanto fare una stima approssimativa, ma ogni tanto gli era sfuggita qualche frecciatina riguardo al fatto che non avrei più dovuto lavorare un giorno. Come se avessi mai potuto optare per una vita all'insegna dell'ozio.

Amavo il mio lavoro e ne avevo bisogno. Lavorare all'aperto mi distraeva da tutti quei pensieri scomodi che mi invadevano la mente.

Avevo passato un mese terribile, ma c'era un ricordo a cui tornavo di tanto in tanto per riuscire ad andare avanti. L'ultima notte con Susannah. Lo sapevo fin troppo bene che avremmo dovuto alzare un alto muro invalicabile a separarci. Ma maledizione, non volevo farlo.

Focalizzai la mia attenzione su Rex, bevendo un sorso di caffè. Rex Masters era il capo della polizia di

Willow Brook. La centrale di polizia e la caserma condividevano lo stesso edificio e Rex gestiva praticamente entrambe. Dato che avrei seguito una delle tre squadre stazionate in città, mi sembrava doveroso farci conoscenza sin da subito.

Rex era un uomo alla mano e col sorriso sempre sulle labbra, proprio come in quel momento. "Che piacere vederti. Ti porgo le mie condoglianze per la perdita di tua madre," disse, con aria seria.

Bevvi un sorso di caffè per riordinare le idee, ringraziandolo con un cenno del capo. "La ringrazio. Era una donna molto speciale. Ce l'aspettavamo, ma il tempismo non è stato dei migliori."

Rex annuì con educazione. Dentro di me sentivo di potermi fidare di lui. Per quanto non fossi un uomo molto espansivo, negli anni avevo imparato che tenersi tutto dentro genera soltanto altre domande. E così ero riuscito a tracciare una perfetta linea tra il troppo e il troppo poco.

"Due anni fa le è stato diagnosticato un cancro al seno. Ha lottato duramente, ma alla fine non ce l'ha fatta. Sapevamo che stava per lasciarci. Si è spenta in modo sereno e non potevo chiedere di meglio."

Rex rimase in silenzio, gli occhi colmi di compassione. "Beh, è quello in cui sperano tutti. Hai altri famigliari?"

"Un fratello," risposi, senza aggiungere altro.

Rex non indagò oltre. Così come il padre di Dwight, anche il mio aveva sposato mia madre per i suoi soldi. Ma a differenza sua era riuscito a concludere il divorzio con una bella somma in tasca, per poi sparire dalla circolazione. Avevo pochissimi ricordi di lui, ma in fondo era meglio così.

Decisi di tenermi tutto dentro e annuii di nuovo, ringraziandolo prima di cambiare subito argomento.

"Se ho capito bene, potrei definirla come il centro nevralgico della stazione," commentai.

Rex rise, gli occhi arricciati agli angoli. "Diciamo di sì, ma forse il vero cuore pulsante è Maisie. Dovresti averla conosciuta l'ultima volta, giusto?"

"Certamente. È la centralinista, no?"

"Proprio così. E sua nonna lo è stata per molti anni prima di lei. Abbiamo alcune riserve, ma la centralinista in piena regola è Maisie. Durante la notte la linea viene presa in carico dalla centrale di Anchorage e nel weekend subentra un'altra persona. Se l'ultima volta non l'hai scoperto, Maisie è la moglie di Beck Steele, un altro dei nostri vigili del fuoco," spiegò.

"Oh, capisco. Vedo che siete un gruppo molto unito." Sapevo anche che un altro caposquadra, Cade Masters, fosse il figlio di Rex.

Rex si poggiò allo schienale, l'aria pensierosa. "Già. Hai firmato un contratto di due anni."

Nonostante si trattasse di un'affermazione, in quelle parole si intuiva l'accenno di una domanda.

"Esattamente. È un lavoro che mi piace molto. Ho passato qui un'estate con la mia squadra del Montana e mi sono innamorato del luogo. Quando ho visto che cercavate un caposquadra non mi sono lasciato sfuggire l'occasione."

Rex mi osservò attentamente. "Ottimo. Abbiamo offerto un contratto di due anni proprio perché la nostra è una comunità molto unita e relativamente isolata. Ci serviva qualcuno disposto a integrarsi al meglio."

"Capisco completamente. Infatti non me ne sono preoccupato."

"Susannah Gilmore mi ha informato che avete seguito lo stesso corso di addestramento in California," commentò.

Soltanto sentire il suo nome mi fece formicolare tutto il corpo. A essere sinceri, morivo dalla voglia di rivederla. Avevo perfino trovato la scusa perfetta per convincerla a ripetere molte altre volte quell'ultima notte di un mese prima.

Ma ovviamente quello a Rex non l'avrei detto. Quindi annuii con cortesia, sorseggiando di nuovo il caffè.

"Susannah è una risorsa eccellente. Ti sentirai grato di averla nella tua squadra," affermò Rex, posando la tazza sul tavolo. Prese una penna e iniziò a farsela roteare tra le dita. "Allora, vediamo di discutere un po' la situazione della tua nuova squadra. Uno dei vantaggi di avere l'ufficio da questa parte dell'edificio è che rimango separato dalla vostra caserma. Ma solitamente sono sempre aggiornato su tutto. Parliamo di Chad Meyer. Ho saputo che ultimamente sta causando diversi problemi. Ma detto tra noi, è così da quando è stato assunto. Il lavoro di squadra non è il suo forte. E, onestamente, è un cretino. Ha perfino passato un periodo a importunare Susannah per convincerla a uscire con lui, ma lei ha preferito mantenere le distanze. Quando Al si è dimesso, Chad ha fatto richiesta per prendere il suo posto. Ma purtroppo è così sicuro di sé da non rendersi nemmeno conto che la sua squadra non l'avrebbe mai e poi mai accettato come capo. Non gli ho nemmeno concesso un collo-quio, sarebbe stato solo tempo perso," spiegò.

"Quindi immagino non sia un mio grande fan," replicai.

"Oh, non ce l'ha mica con te. Quello che lo turba è non essere riuscito a guadagnarsi quel ruolo. Si sarebbe lamentato con chiunque gliel'avesse soffiato da sotto il naso. In tutta franchezza, secondo me Al avrebbe dovuto licenziarlo tempo fa, ma penso abbia rimandato perché tanto doveva andarsene. Al è un brav'uomo. Dopo un brutto incidente dell'anno scorso ha perso tutta la passione per il lavoro. Ho preferito avvertirti su Chad perché ti consiglio di intervenire il prima possibile. Escluso lui, hai un'ottima squadra."

"Grazie per l'informazione." Bevvi l'ultimo goccio di caffè e mi alzai, incrociando lo sguardo di Rex. "Apprezzo davvero molto la sua schiettezza, signor Masters. Me ne occuperò al più presto. Le dirò, non tollero affatto questi atteggiamenti. Se la squadra e il tuo lavoro non vengono al primo posto, allora sei fuori."

Rex annuì. "Concordo. Se fa qualche stronzata, sappi che hai tutto il mio appoggio."

Annuii, anche se Susannah aveva già fatto irruzione nella mia mente. Sapere che quell'idiota ci aveva provato con lei scatenò in me una fitta di gelosia mista a rabbia. Quelle emozioni avrebbero dovuto aprirmi gli occhi, ma non fu così. Però in fondo non eravamo poi così diversi. Ma io per quella donna ero disposto a tutto, era una delle poche certezze della mia vita.

Quando pensavo a lei mi veniva in mente soltanto una parola.

Mia.

Capitolo Cinque

SUSANNAH

Con lo sguardo seguivo Ward attraversare il parcheggio della caserma, i ricci neri spettinati e gli occhi argentati che mi penetravano a neanche una decina di metri di distanza. Era sexy come sempre, con quel suo fascino a dir poco pericoloso per la mia salute mentale.

Ormai era tornato a Willow Brook da due giorni e per miracolo ero riuscita a evitare di trovarmi da sola con lui. Aveva organizzato incontri faccia a faccia con tutta la squadra, senza ovviamente escludermi. Me l'ero cavata con la scusa di una visita medica, visto che avevo un appuntamento dalla ginecologa. Ma quell'ultimo dettaglio non l'avevo specificato, altrimenti Ward avrebbe dato di matto.

La dottoressa Jenkins aveva confermato il risultato dei quattro test di gravidanza: ero incinta di circa quattro settimane. Ovviamente sapevo benissimo quando era successo, visto che nell'ultimo anno aveva fatto sesso soltanto una volta, ma decisi di non condividere con lei quell'amaro dettaglio.

Ormai mi seguiva da anni, quindi mi conosceva

piuttosto bene. Alla sua domanda se fossi felice per la gravidanza ero scoppiata a piangere. Non le ci volle molto a capire che era completamente inaspettata.

Con molta cortesia mi aveva chiesto cos'avessi intenzione di fare, elencandomi pazientemente le mie opzioni. Anni prima avrei scelto una di quelle strade. Ma anche se in quel momento mi sentivo disorientata e confusa, ero certa di volere quel bambino. Però quel desiderio così forte non fece altro che complicarmi ancora di più la vita.

Non mi piaceva mentire. Ero una persona diretta che preferiva arrivare subito al dunque e non perdersi in stronzate. Eppure non sapevo come dare la notizia a Ward.

Per non parlare di quella fiamma che continuava imperterrita a bruciare tra di noi. Non sapevo più cosa fare e stava iniziando a diventare un problema. Ogni volta che in caserma incrociavo la sua orbita venivo pervasa da una scossa elettrica, come piccole scintille che mi accendevano le terminazioni nervose. E i suoi occhi, quei meravigliosi occhi argentati che mi fissavano così ardenti da farmi prendere fuoco.

Dal suo sguardo ebbi subito il presentimento che non aveva alcuna intenzione di lasciarsi alle spalle quello che era successo tra di noi. Ancora non lo sapeva che in realtà sarebbe stato impossibile dimenticare.

Ward mi raggiunse per fermarsi a più o meno un metro di distanza e sentii l'impatto della sua presenza travolgermi completamente. Era un uomo molto forte, sia dentro che fuori. Ma a differenza di altri uomini non usava i muscoli per intimidire. Non aveva bisogno di dimostrare nulla, era assolutamente sicuro di sé e sprizzava mascolinità e virilità da tutti i pori.

Quando i nostri sguardi si incrociarono dovetti

trattenere il fiato, mentre il cuore iniziava a battere all'impazzata. Mi guardava con occhi colmi di un'emozione che mi stava mettendo a disagio.

"Ciao," sussurrai, senza riuscire ad aggiungere altro.

Restò in silenzio per un istante, inarcando un sopracciglio. "Non sei ancora venuta a parlarmi," disse, sottolineando l'ovvio.

Annuii. "Lo so, scusami. Avevo davvero una visita medica."

Almeno su quel dettaglio non stavo mentendo. Però il motivo di quella visita mi turbava così tanto che non sapevo nemmeno più cosa dire.

Venimmo interrotti dal rumore della porta sul retro della caserma che si apriva. Cade e Beck uscirono insieme per separarsi e andare ognuno al proprio veicolo. Cade si girò a salutarci mentre Beck saliva in macchina con un "Ciao". Nel giro di qualche secondo lasciarono entrambi il parcheggio.

Io e Ward eravamo di nuovo soli e il mio corpo ne era fin troppo consapevole. Uno stormo di farfalle mi svolazzò nello stomaco e un caldo desiderio prese a pulsarmi nelle vene. L'effetto che quell'uomo aveva su di me era imbarazzante.

"Ceniamo insieme," disse con voce profonda, facendomi venire la pelle d'oca.

Come una perfetta idiota, annuii ancora prima di poter riflettere sulla domanda. Avrei dovuto dirgli di no. Anzi, avrei dovuto chiedere al più presto il trasferimento in un'altra squadra.

Ovviamente il problema principale era ancora lì a tormentarmi. Dovevo trovare un modo per dire a Ward che ero incinta di suo figlio e che volevo crescerlo, anche se sicuramente lui non avrebbe voluto averci niente a che fare.

Prima che potessi rimangiarmi la parola data, sfoderò un sorrisetto compiaciuto. Cazzo. Quell'uomo era avvolto da un'aura pericolosa, tenebrosa. Con la giusta dose di umorismo, era impossibile resistergli. Non che volessi farlo. Il mio corpo reagì come a comando, una sensazione di calore dilagò nel basso ventre fino all'apice delle cosce.

Davanti a Ward mi sentivo completamente impotente.

"Dove?" domandò.

Stavo ancora cercando un modo per rifiutare, ma a quel punto sarebbe risultato ridicolo. Stavo per proporre il Wildlands, ma a quell'ora avremmo quasi sicuramente incontrato qualche collega.

"Al Firehouse. Ci sei mai stato?"

"Sì, stamattina ho preso un caffè con alcuni dei ragazzi. Andiamo," disse, voltandosi per andare al suo pick-up.

Rimasi ferma dov'ero, i piedi come incollati per terra perché in sua presenza non riuscivo a comportarmi come un normale essere umano. Si voltò a guardarmi e indicò con il capo la sua macchina.

"Ci vediamo lì," risposi in tutta fretta.

Vai così! Ma guardati... Ti è tornata la parola.

Odiavo proprio tanto il modo in cui riusciva a farmi perdere il controllo su me stessa.

"Poi ti riaccompagno io," replicò senza la minima esitazione.

Non era una domanda, ma un'affermazione. Sapeva con estrema sicurezza che non mi sarei messa a discutere. In un altro momento l'avrei fatto. Lo trovavo un po' troppo prepotente e autoritario per i miei gusti.

Tranne sotto le lenzuola.

Lì veniva fuori il mio lato più selvaggio. Sapendo che sarebbe stata una battaglia persa in partenza, i miei piedi iniziarono a muoversi da soli verso di lui. Era il mio corpo a decidere, non più io.

Ovviamente Ward guidava un pick-up nero con tutti i comfort e le tecnologie possibili. Gli si addiceva alla perfezione. Il viaggio fino al Firehouse fu breve e silenzioso, l'aria nel veicolo carica di tensione. Stavo lottando duramente contro il mio desiderio, cercando di metterlo k.o. una volta per tutte. Ma anche quella era una causa persa.

Era così difficile riuscire a mantenere la calma tenendomi dentro un segreto enorme come quello che ancora dovevo rivelargli.

Parcheggiò al Firehouse e, più rapido di un fulmine, venne ad aprirmi la portiera ancora prima che potessi toccare la maniglia.

"Ce la facevo benissimo da sola, sai," commentai, sollevando lo sguardo.

Gli si arricciarono le labbra all'insù, un luccichio gli illuminò gli occhi. "Lo so," rispose, senza aggiungere altro.

Attraversammo il parcheggio e all'improvviso sentii la sua mano sulla schiena, così ardente da marchiarmi a fuoco la pelle. Quell'uomo riusciva a farmi un effetto strano. Non ero alla ricerca di un uomo che si prendesse cura di me, ma con Ward era diverso. Quel semplice gesto mi faceva sentire protetta, come se dicesse al mondo intero che ero sua e sua soltanto.

Ma avrei voluto strangolare il mio cuore e farlo rinsavire. Maledizione. Dentro di me si era scatenata una guerra a tutto campo tra sentimenti e ragione. Se Ward ne fosse venuto a conoscenza mi avrebbe trovata ridicola.

Sapevo di essere ridicola.

Capitolo Sei

SUSANNAH

La campanella sulla porta tintinnò quando Ward la aprì, tenendola ferma per farmi entrare. L'atmosfera familiare e accogliente del locale riuscì in parte a rasserenarmi. Il Firehouse aveva sempre fatto parte della mia vita. Mi guardai intorno, cercando subito con lo sguardo volti conosciuti. Alla fine farmi vedere con Ward non avrebbe causato chissà quale scandalo, dato che uscire con un compagno di squadra era normale.

Eppure l'angoscia mi stava mangiando viva, terrorizzata all'idea che chiunque mi conoscesse avrebbe potuto leggermi in volto che ero attratta da lui. Tirai un sospiro di sollievo quando vidi soltanto Janet James, la proprietaria del caffè e buona amica dei miei genitori. Stava servendo alcuni clienti al bancone. Ai tavoli notai qualche volto familiare, ma di gente che non conoscevo personalmente. La tensione che mi soffocava si attenuò un poco.

Ward fece per andare al bancone, ma lo fermai urtandolo con il gomito. "Se ci sediamo verrà qualcuno a prendere l'ordine al tavolo," gli spiegai.

Annuì e mi seguì verso un tavolo in fondo alla sala.

Un tempo l'edificio ospitava la caserma di Willow Brook. Il garage era poi in seguito stato trasformato in un bel localino accogliente, con una cucina a vista e un bancone della pasticceria da un lato, e i tavoli dall'altro. Janet aveva ridipinto il vecchio pavimento in cemento di un bell'azzurro e alcuni tappeti erano disposti tra i tavoli. Dettagli colorati animavano la sala, con il palo dei pompieri al centro decorato con fiori vivaci e opere di artisti locali alle pareti. L'ambiente che si trovava all'interno era allegro e accogliente.

Mi sedetti nell'angolo, togliendomi la giacca mentre Ward si accomodava di fronte a me. Purtroppo mi ero dimenticata quanto fossero piccoli i tavoli del Firehouse. Cercando di mettermi comoda gli colpii le ginocchia con le mie. Soltanto sfiorarlo fu come prendere la scossa. Lo guardai per scusarmi, ma mi si seccò la gola. Non ci sarà stato neanche un metro a separarci, il suo sguardo cinereo fisso nel mio.

Ward non aveva paura di guardare le persone negli occhi. Dovetti distogliere lo sguardo, sentendo il viso in fiamme. Quasi mi sfuggì un sospiro di immenso sollievo quando Janet arrivò al tavolo.

"Ciao, Zanna," disse, chiamandomi con quel soprannome che usavano soltanto i miei familiari e pochi amici.

Sollevai lo sguardo con un sorriso, incontrando i suoi luminosi occhi marroni. Janet aveva l'aria affettuosa e materna, ma non era una donna debole. Erano ormai anni che gestiva da sola il locale, dopo la morte del marito. Aveva nervi d'acciaio ed era piena di risorse. Non avevo mai conosciuto una persona dal cuore così grande.

Il suo sguardo passò da me a Ward. "Ma buonasera, Ward. Che piacere rivederti."

Ward annuì, l'accenno di un sorriso sulle labbra. Janet era proprio irresistibile. Sapevo che sarebbe riuscita a farlo uscire dal guscio. Non perché volesse farlo, ma perché lei era fatta così, aveva quell'effetto su tutti.

"Spero tu ti stia trovando bene in città," aggiunse.

Il sorriso di Ward si ampliò, facendomi sentire le farfalle nello stomaco.

"Per il momento non posso lamentarmi," commentò lui. Il suo sguardo si posò su di me. "Zanna, eh?" disse in tono interrogativo, un luccichio negli occhi.

Janet rise e alzai gli occhi al cielo. "Janet mi chiama così. È un soprannome che usano in pochi," gli spiegai.

La luce negli occhi di Ward non si spense. D'ora in avanti mi avrebbe chiamata così, me lo sentivo. Una vampata di calore mi pervase. Lo facevano soltanto i miei cari. Sarebbe stato troppo strano.

In quei quattro anni ero riuscita a rinchiudere Ward in un angolo remoto della mia mente. Mi ero concessa completamente a lui convinta che non l'avrei mai più rivisto. Ma in realtà quella notte insieme era indimenticabile. Averlo di nuovo lì con me, a invadere il mio mondo come mai mi sarei aspettata... Beh, era a dir poco spiazzante.

Per fortuna Janet stava portando avanti la conversazione con Ward. Era una donna molto sveglia e perspicace, quindi aveva sicuramente percepito la tensione che correva tra di noi. Dopo qualche altra domanda, ci prese l'ordinazione. "Allora, che vi porto?"

"Io prendo il burger di salmone con le patate dolci fritte. Tu vuoi vedere il menù?" chiesi a Ward, incrociando il suo sguardo.

"Non ce n'è bisogno, prendo la stessa cosa. Sembra buonissimo."

"Da bere?" domandò Janet.

Stavo quasi per ordinare un bicchiere di vino, ma poi ricordai di essere incinta. Oh, mio Dio. Ne avrei fatto benissimo a meno dell'alcol, ma non era affatto nel mio stile. "Io prendo solo dell'acqua, grazie."

Ward mi lanciò un'occhiata. "Sicura?"

"Sì, sì. È stata una giornataccia e sto morendo di sete."

Lui ordinò una birra e qualcuno chiamò Janet, che ci lasciò. Ward si mise comodo, una mano poggiata sulla coscia e l'altro braccio dietro lo schienale della sedia.

Il mio sguardo venne come calamitato da quella mano a penzoloni. Perfino in quello stato di assoluto relax, Ward trasudava forza da tutti i pori. Notai che aveva delle cicatrici sulle mani. Facendo scivolare lo sguardo sui muscoli ben definiti del petto e delle spalle, mi accorsi che la maglietta non lasciava niente all'immaginazione. I ricordi del suo corpo erano ancora freschi nella mia memoria — sodo e scolpito dal suo duro lavoro, che richiedeva una forza sovrumana.

Incrociai il suo sguardo e mi ritrovai ad arrossire dalla testa ai piedi. Aveva di nuovo gli occhi in fiamme, che mi scrutavano intensamente. Poi disse qualcosa di totalmente inaspettato.

"Ho mentito."

"Eh?" risposi, come un ebete.

Accennò un sorriso e gli brillarono di nuovo gli occhi; il mio stomaco fece un'altra capriola.

Feci appello al mio autocontrollo per sembrare coerente. "Su cosa?"

Wow. Ero riuscita a mettere insieme ben due parole.

"Non potrò mai dimenticare quelle due notti

passate insieme. E non voglio farlo," rispose con decisione, facendo scivolare brevemente gli occhi sul mio seno.

Era come se quello sguardo incandescente mi avesse toccata. Mi si inturgidirono subito i capezzoli fino a fare male. Per fortuna un cameriere arrivò a portarci l'acqua e la birra. Presi il mio bicchiere e lo finii in un sorso solo, per poi passarglielo di nuovo. "Potresti versarmene dell'altra?"

Il ragazzino sbarrò gli occhi e mi guardò, ma si riprese subito. Prese la caraffa dal vassoio e riempì subito il bicchiere. "Avete bisogno di altro?" ci chiese.

Scossi la testa e si allontanò, dopo averci assicurato che ci avrebbe portato al più presto i nostri piatti. Ward nel frattempo non aveva mai distolto lo sguardo e mi sentivo tutta un fuoco. Bevvi un altro sorso d'acqua, riuscendo a controllarmi, e poi posai il bicchiere. "Beh, invece devi farlo," replicai infine.

Il suo sguardo si fece più intenso e scosse lentamente la testa. "Io non devo fare proprio niente." Buttò giù un sorso di birra, studiandomi il volto. "Perché stai mentendo?"

"Non sto mentendo."

"Parli come se tu potessi dimenticare quello che è successo. Non ti credo," disse piattamente.

Non riuscivo a capire dove volesse andare a parare, ma visto che aveva deciso di parlare apertamente tanto valeva dirgli subito la verità. Feci un respiro profondo per prendere coraggio.

"Sono incinta."

Non che la cosa mi facesse piacere, ma ero finalmente riuscita a scalfire la sua apparente corazza. Sbarrò gli occhi e portò leggermente indietro la testa, come se gli avessi appena tirato una sberla.

Scosse la testa per riprendersi dallo shock e mi guardò intensamente. "Cosa?" chiese, seccamente.

Avevo le guance in fiamme, ma ormai non potevo più tirarmi indietro. Non era da me lasciare le cose a metà. "Ti ho detto che sono incinta."

Prese la birra, scolandosi quasi metà bicchiere. Lo appoggiò con cura, senza lasciarlo andare, e inclinò la testa di lato. "E adesso mi dirai che sono l'unico uomo con cui sei stata negli ultimi mesi, giusto?"

Mi sentii ribollire di rabbia. "Senti, non so che cavolo di idea ti sia fatto di me, ma di solito non faccio quello che ho fatto con te. Anzi, sei l'unico uomo con cui abbia mai..." Non riuscii a completare la frase.

"Fatto sesso così selvaggio da mandare a fuoco le lenzuola," continuò, cupamente.

Alle sue parole mi sentii travolgere da un'altra ondata di calore. Ma quel desiderio andava a scontrarsi con la rabbia che aveva risvegliato in me, facendomi esplodere come gas su una fiamma. Feci un bel respiro profondo per calmarmi.

"Non frequento nessuno e sei l'unico uomo con cui abbia fatto sesso nell'ultimo anno." Feci una pausa, imbarazzata per essermi fatta sfuggire quel dettaglio deprimente. Ma ero in una situazione disastrosa, quindi non potevo soffermarmici troppo. "Il padre sei senza dubbio tu. Non dare la colpa a me. Abbiamo usato il preservativo."

"Oh, lo so benissimo," disse piattamente. "Che cazzo è successo?"

Per fortuna ero riuscita a convincerlo di non essere stata con nessun altro uomo, ma comunque sapevo che non avrebbe accettato la notizia così facilmente.

Appoggiai i gomiti sul tavolo e mi passai le mani tra i capelli. Poi lo guardai, con il mento su una mano, cercando di mantenere il controllo avvolgendomi un riccio attorno a un dito.

"Beh, l'unico contraccettivo sicuro al cento per cento è non fare sesso," affermai.

Ward bevve un altro sorso di birra e annuì lentamente, lo sguardo spento. Non sapevo cosa aspettarmi ed ero pronta a farmi mandare a quel paese. Ma a quanto pareva non lo conoscevo ancora abbastanza bene, perché per quanto fosse sconvolto non mostrava alcun segno di rabbia. Grazie al cielo.

Capitolo Sette

WARD

La luce si rifletteva sulla folta chioma biondo ramato di Susannah, mentre si attorcigliava un riccio tra le dita. Con l'altra mano invece tracciava il bordo umido del bicchiere d'acqua.

Bevvi un altro lungo sorso di birra. Cazzo, quanto era bella. Incrociando i suoi grandi occhi azzurri ricordai quando selvaggi e ardenti mi fissavano mentre si lasciava andare alla passione tra le mie braccia. Il mio cazzo reagì di conseguenza.

Era assurdo. Mi stava venendo duro per una donna che mi aveva appena annunciato di essere incinta. Ma. Che. Cazzo.

Cercai di aggrapparmi a un briciolo di lucidità. Ero assolutamente sconvolto. Usavo religiosamente il preservativo, non mi facevo mai trovare impreparato. Non avevo mai fatto sesso senza protezioni. Mai. Nemmeno una volta.

Perfino da adolescente ero sempre stato responsabile. Avrò avuto altri difetti, ma sapevo quanto potesse essere pericoloso. Quindi avevo seguito quel principio per tutta la vita, ma alla fine non era servito comunque a un cazzo.

Susannah era incinta.

Non l'avevo mai vista così nervosa. Ma non aveva certo tutti i torti. No, era impossibile che fosse tutto un suo piano per incastrarmi. Aveva l'aria turbata quanto me. E quella fatidica notte si era assicurata ogni singola volta che avessi il preservativo.

Lo sapevo fin troppo bene che nella vita non potevano esserci garanzie e il sesso non era certo un'eccezione. Ma non mi sarei mai aspettato una svolta simile.

Mentre continuavo a fissare Susannah senza sapere cosa dire, arrivò il cameriere a portarci i nostri piatti. Dopo averli posati sul tavolo, chiese, "Avete bisogno di altro?"

"Un'altra birra, grazie," risposi.

"Torno subito," concluse prima di allontanarsi.

Susannah aspettava che dicessi qualcosa. La notizia bomba mi aveva lasciato letteralmente senza parole. Davanti agli occhi mi si materializzò un'immagine: Susannah col pancione tondo e il seno — quel suo seno perfetto e rigoglioso con due deliziosi capezzoli rosa — ancora più pieno e pesante di quanto già non fosse.

Merda. Il pensiero me lo fece venire ancora più duro. Stavo letteralmente impazzendo.

"Ti va di parlarne?" mi chiese Susannah con voce roca, schiarendosi poi la gola.

Pensai a cosa dire, ma in quel momento non mi venne in mente niente. "Sono confuso da morire, quindi forse è meglio se mangiamo."

Mi guardò a lungo, accigliata. "Mi dispiace."

"Per cosa?"

"Beh, cioè. So che non volevi mettermi incinta."

"E io so che tu non volevi rimanere incinta," replicai.

Mascherai il mio turbamento dietro al tono di voce più pacato che riuscii a mettere insieme. Avevo bisogno di tempo per schiarirmi le idee, quindi non mi sentivo ancora pronto a parlarne.

Colsi un'espressione di sollievo sul suo volto e rilassò le spalle. "No, hai ragione," disse piano.

Tornò il cameriere a portarmi una nuova bottiglia di birra, portando via quella vuota. Bevvi un sorso e la riposai sul tavolo, senza staccare gli occhi da Susannah. Certo, non avevo la benché minima idea di cosa dirle, ma se sentiva il bisogno di parlarmi allora non gliel'avrei impedito. "Se vuoi parlare..."

Accennò un sorriso, con un'alzata di spalle. "Non preoccuparti. Anche per me è stato uno shock. Ho avuto un po' più di tempo per metabolizzare la cosa."

E così prese in mano il burger di salmone e iniziò a mangiare. La imitai, rimanendo piacevolmente colpito dalla qualità della cucina. Sul pesce c'era una glassa di sciroppo d'acero e senape al miele. Era davvero squisito.

Janet, che avevo appena conosciuto, si unì per un po' al nostro tavolo. Dopo un po' era riuscita a farmi praticamente il terzo grado. Iniziai a rendermi conto che a Willow Brook avrei dovuto dire addio al mio spazio personale. Prima di lasciarci di nuovo soli mi strinse una spalla e mi ordinò di passare ogni giorno da lei per il caffè.

"Ti conviene farci l'abitudine," disse Susannah, spingendo via il piatto vuoto.

"Già, l'avevo capito. Sono cresciuto fuori Bozeman, in Montana. Negli anni la città è cresciuta molto, ma un tempo la comunità era molto più unita e tutti ficcavano il naso negli affari altrui. Non è una novità," le spiegai, con un'alzata di spalle.

Sollevò leggermente le sopracciglia, colta dalla

curiosità. Realizzai soltanto allora che quel bambino mi avrebbe regalato un qualcosa che non avevo conosciuto. La mia famiglia era composta praticamente solo da me e mia madre, che si era fatta in quattro per crescermi. Ma gli altri, un padre assente, un patrigno avido e un fratello colmo di rancore, erano praticamente degli sconosciuti di cui ero riuscito benissimo a fare a meno. Non potevo modificare il mio passato, ma potevo impegnarmi per creare un futuro migliore. Però misi da parte quei ragionamenti perché ancora non mi sentivo pronto a guardare così avanti.

Dopo cena tornammo al pick-up e aiutai Susannah a entrare. Quando mi sedetti accanto a lei al volante, si girò a guardarmi. "Sei proprio un gentiluomo, Ward."

Incrociai il suo sguardo e sollevai un sopracciglio, perplesso.

"Mi hai aperto la portiera. Di questi tempi sono pochi gli uomini che lo fanno ancora," si spiegò meglio.

Mentre la guardavo non potevo fare a meno di immaginarla con il pancione. Mi sentii travolgere da un forte istinto di protezione e un'angoscia che non avevo *mai* provato in vita mia.

Distolsi lo sguardo con un'alzata di spalle. "È l'abitudine. Sono stato educato bene."

Avviai il motore e uscii dal parcheggio. Istintivamente, invece di riaccompagnarla alla caserma puntai dritto verso casa mia.

Spezzò il silenzio dopo qualche minuto. "Non mi porti alla mia macchina?"

Col cazzo.

Ogni volta che ero insieme a Susannah sognavo di affondare dentro di lei. Ai tempi dell'addestramento avevo tanto sperato che quella forte attrazione si sarebbe eventualmente estinta. Ma così non fu. Anzi, nonostante tutti quegli anni di lontananza ero ancora più invaghito di lei. E la parte migliore? Finalmente avremmo potuto farlo senza preservativo, quindi l'unione sarebbe stata ancora più intima e perfetta. Non mi voltai a guardarla. Con una mano sistemai la prorompente erezione che pulsava sotto i jeans.

"Andiamo da me," le dissi infine.

"Non dovremmo parlare seriamente?"

"Beh, mi hai spiegato la situazione e apprezzo la tua sincerità. Abbiamo tantissimo tempo per parlare. Ma sappi che ti desidero ancora e so che tu desideri me," dissi piattamente.

Inspirò violentemente. La guardai, soddisfatto di vederla arrossire.

Allungai un braccio verso di lei e le passai una mano sulla coscia, divaricandole leggermente le gambe per toccarla nel punto più sensibile. Sentirla così calda da sopra i jeans risvegliò i miei istinti animaleschi. Esercitai più pressione sul clitoride e sussultò, inarcando il bacino verso la mano.

Non pensavo che anche lei fosse eccitata quanto me, ma i nostri corpi riuscivano a comunicare alla perfezione senza bisogno di dire una singola parola.

"Se non lo vuoi, dimmelo subito," mormorai, incontrando di nuovo i suoi occhi, senza comunque distrarmi dalla strada.

Arrossì ancora più violentemente e mi guardò con occhi colmi di desiderio. Non disse nulla.

"Allora lo prendo come un sì," affermai, passando ancora e ancora il polpastrello del pollice sul clitoride, mentre lei accompagnava ogni carezza con il bacino.

Riportai lo sguardo sulla strada, ammirando il panorama. Willow Brook era un paesino ai piedi della Catena dell'Alaska, con le montagne che gli facevano da sfondo su un lato e l'oceano dall'altro.

Vaste distese verdi si intervallavano a foreste di abete rosso.

Avevo comprato casa prima che mia madre morisse. Odiavo vivere in affitto e per fortuna la zona era ricca di proprietà con viste spettacolari da togliere il fiato. Il mio terreno distava qualche chilometro dal centro cittadino, con una deliziosa villetta in legno. Era molto spaziosa, sicuramente più del necessario, ma mi piaceva molto. Mi fermai nel vialetto e sfilai la mano dalle cosce di Susannah, avvertendo subito la mancanza del suo calore.

Andai ad aprirle la portiera e scese dall'auto, mentre il mio corpo pulsava di desiderio. Richiusi lo sportello con lo stivale e la presi per mano, trascinandola a passo svelto in casa. Non vedevo l'ora di chiudermi la porta alle spalle e stringerla a me.

Avevo bisogno di lei.

Mi sentivo terribilmente confuso e spaesato. Susannah era incinta. Del mio bambino. Non era di certo nei miei piani. Mi sentivo travolgere da una miriade di emozioni diverse, ma c'era una singola parola che sovrastava quel caos indefinito che mi affollava la mente.

Mia.

Capitolo Otto

WARD

Non appena varcata la soglia, con mio grande dispiacere Susannah mi lasciò andare la mano. Non c'era tempo per i convenevoli sociali.

Sicuramente non aveva capito che non aspettavo altro che gettarmela su una spalla per portarla a letto, perché iniziò a guardarsi intorno con tutta la calma del mondo. Era una casa in stile ranch a telaio in legno, su un unico livello e con un alto soffitto a punta e pareti lungo tutta la facciata. Fuori c'era ancora luce. In Alaska, dalla primavera in poi le giornate sembravano infinite, con il tramonto che terminava ben oltre le nove di sera.

La porta laterale univa un patio esterno alla cucina, che presentava piastrelle verde chiaro e un bancone curvo che separava la zona dalla sala da pranzo. Alle pareti erano montati mobiletti in duro legno di ciliegio ed era decorata con elettrodomestici in acciaio inossidabile. Oltre il bancone le piastrelle lasciavano spazio al parquet, dove si trovavano la sala da pranzo e il soggiorno, separati da un divano componibile posto dietro al tavolo.

Una sezione del divano era rivolta verso la televisione a muro, mentre l'altra verso le finestre. Un camino a propano era sistemato in un angolo del soggiorno. Era un ambiente luminoso e arioso. Nonostante in casa ci fossero ben tre camere da letto, non la trovavo comunque troppo grande per una persona sola.

Per quanto il mio contratto di lavoro durasse soltanto due anni avevo deciso comunque di approfittarne, dato che il prezzo era conveniente e il terreno meraviglioso. In un futuro non sarebbe comunque stato difficile rivenderla.

Susannah si voltò a guardarmi, camminando all'indietro verso il soggiorno. "Che posto delizioso. L'hai comprata?"

Mi infilai le mani in tasca, più che altro per resistere all'irrefrenabile impulso di attirarla a me e divorarla. "Sì."

Con un cenno del capo si rigirò dall'altra parte, avvicinandosi alle finestre. Osservò il panorama con una mano poggiata sul fianco. Davanti a lei si ergeva una collinetta con una macchia di pioppi su un lato e un pendio roccioso sull'altro. C'era già troppo buio per riuscire a distinguere la vallata che si estendeva oltre. Striature arancioni e rosse dipingevano il cielo, gli ultimi doni del sole prima che svanisse dietro l'orizzonte.

"Che vista spettacolare," commentò Susannah. "Sai, questa casa l'hanno costruita le mie amiche, ma non c'ero mai entrata."

Si girò e si avvicinò anche a lei al divano, poggiandosi allo schienale.

"Davvero?"

"Hai già conosciuto Amelia? La moglie di Cade?" domandò.

"Credo di sì. È molto alta, vero?"

Un sorriso le sfiorò le labbra. "Proprio così. Ha un'impresa edile tutta sua che gestisce con Lucy, la Kick A** Costruzioni. Sono tra le mie più care amiche e tra le migliori nel settore. Se non ricordo male, questa casa l'hanno costruita giusto pochi anni fa. Non pensavo che i proprietari l'avrebbero rivenduta così presto, ma in fondo non erano della zona."

Risi. "Dev'essere proprio una cittadina molto piccola se conoscevi i proprietari."

Incrociò il mio sguardo e annuì. "Eh, sì. Ma soltanto perché l'hanno costruita Amelia e Lucy."

Si era fermata a un metro da me. Il bisogno di toccarla era ormai diventato irrefrenabile. La presi per mano e la attirai a me. Arrossì all'istante, guardandomi con il labbro inferiore tra i denti. Cazzo. Vederla mordersi quel labbro così carnoso me lo fece venire subito duro.

Mi appoggiai allo schienale del divano e la posizionai tra le mie ginocchia. La sentii inspirare violentemente quando la mia erezione la toccò. Non mi vergognavo certo di farle sentire quanto ero eccitato. Perché avrei dovuto? Era tutta la sera che mi tenevo aggrappato all'ultimo briciolo di autocontrollo rimasto.

Mi guardò negli occhi, la fronte corrucciata. Capii subito il suo turbamento. Sapevo che c'erano molte cose di cui parlare, ma in quel momento il desiderio era troppo pressante. Prima volevo abbandonarmi completamente a lei.

"Non dovremmo parlare?" domandò, come se mi avesse letto nella mente.

Mi strinsi nelle spalle, facendole scivolare una mano fino al fondoschiena. Porca miseria. Aveva un sedere da urlo. "Forse," risposi, infilando l'altra mano sotto il bordo della maglietta. Dovetti trattenere un grugnito al contatto con la sua pelle morbida come la seta.

Non ci avevo mai fatto molto caso, ma quel suo dualismo tra mascolinità esteriore e femminilità interiore mi faceva assolutamente impazzire. Quella donna aveva tutto il mio rispetto. Sapevo benissimo che sul lavoro era all'altezza di qualunque suo collega. A detta della squadra era temeraria come pochi. E lo sapevo benissimo pure io. In fondo avevamo seguito il corso di addestramento insieme. Amavo quella sua forza, quella spericolatezza che la contraddistingueva, senza cui non sarebbe mai potuta sopravvivere in un lavoro come il nostro. Bisognava essere pronti a tutto, affrontare il pericolo a testa alta e spingersi oltre i propri limiti.

Le mancò il fiato e focalizzai di nuovo tutta la mia attenzione su di lei. Feci scivolare lo sguardo fino al solco tra i seni. Indossava dei normalissimi jeans e una maglietta, eppure era sexy da morire. La sua predilezione per il pizzo e la seta era stata una piacevole scoperta. I capezzoli turgidi premevano sotto il cotone, che riusciva a malapena a contenere il seno rigoglioso.

Chinai la testa e morsicai il bocciolo da sopra la maglietta, soddisfatto quando si lasciò sfuggire un gemito e inarcò il bacino contro il mio.

"Ward," mormorò quando pizzicai l'altro capezzolo tra pollice e indice.

Sollevai lo sguardo verso il suo, trovandomi al suo livello perché poggiato al divano. "Sì?" replicai.

"Non mi hai risposto."

Ci misi qualche secondo a capire di cosa stesse parlando. "Secondo me non c'è bisogno di parlarne ora, o sbaglio?"

Sentii il suo seno sollevarsi nel palmo della mia mano, il suo respiro tremolante. "Beh, non saprei."

Aggrottò la fronte, mordendosi di nuovo il labbro. Neanche lo sapeva quanto quel gesto mi facesse impazzire. Quella sua bocca deliziosa riusciva a mettermi in ginocchio da sola. Susannah era bellissima, con le labbra rosa carnose, la pelle chiara e grandi occhi azzurri. Morivo dalla voglia di rivedere quella bocca avvolta attorno al mio cazzo.

Però se aveva bisogno di parlare non potevo certo negarglielo. Dovevo trovare il modo di concentrarmi, ignorando quel desiderio disperato che mi travolgeva come un fiume in piena e cancellava qualsiasi altra cosa.

"Senti, ti capisco. So che parlarne è importante. Sei incinta. La notizia mi ha sconvolto, ma non penso che parlandone adesso potremmo risolvere qualcosa. Io ho bisogno di un po' di tempo per metabolizzare, tu invece cosa hai intenzione di fare?"

Mi guardò dritto negli occhi, nervosa. "Ovviamente la gravidanza non era nei miei piani. All'inizio non sapevo cosa fare, ma ho deciso che la porterò a termine. Però..." Si fermò e fece un respiro profondo. "Hai ragione. Abbiamo bisogno di tempo per riflettere e accettare la situazione.

La guardai, intensamente. Non sapevo cosa dire, ancora troppo sconvolto dalla notizia. Però una cosa la sapevo. Dovevo possederla. Al più presto.

Capitolo Nove

WARD

Susannah era sempre più nervosa e non la smetteva di tormentarsi il labbro inferiore. "Sei diventato il mio capo. La questione è molto più complicata di quanto pensi."

Aveva assolutamente ragione, ma ci avevo già riflettuto sopra. Per il momento non c'era bisogno di farne un affare di stato.

"Troveremo una soluzione," conclusi.

Ma cos'avremmo potuto fare? La gravidanza avrebbe reso tutto più difficile. Io in realtà un'idea ce l'avevo anche, ma avevo paura di vedere la sua reazione. L'idea di per sé faceva paura. Eppure sarebbe stata la cosa più giusta da fare. Dovevamo arrivare fino in fondo. Non avrei mai permesso che mio figlio crescesse in una famiglia a metà come la mia. Però dovevo procedere con cautela, consapevole che Susannah non mi avrebbe concesso così facilmente quello che volevo. Avrei aspettato tutto il tempo necessario.

Il desiderio pulsava dentro di me come un tamburo

e non riuscivo a pensare ad altro. Avevo bisogno di stringerla tra le braccia e farla mia.

Susannah annuì, con un sospiro. "D'accordo. Ne riparliamo più avanti."

"Ottimo," dissi con un sorriso sulle labbra, massaggiandole il capezzolo turgido con il pollice.

Le presi l'orlo della maglietta per sfilargliela e mi lasciò fare, sollevando le braccia per aiutarmi. Un grugnito gutturale mi sfuggì dalle labbra quando mi ritrovai di fronte il suo seno pieno. Indossava un reggiseno in pizzo nero che non lasciava nulla all'immaginazione. I capezzoli che spuntavano dai buchi erano come una calamita. Chinai la testa e posai la lingua sulla seta, stuzzicandone e succhiandone uno.

Di solito Susannah era una donna riservata e poco espansiva, ma quando spegneva il cervello si lasciava completamente andare. Cazzo, quanto amavo vederla così. Quando presi un capezzolo tra i denti e un seno pesante in mano lanciò un grido e si inarcò contro di me.

Sollevai la testa e catturai le sue labbra con le mie. Baciarla creava dipendenza. Iniziai a divorarle la bocca, mentre le nostre lingue danzavano selvaggiamente insieme. Gemette il mio nome in un sussurro, sulle mie labbra. Non riusciva a tenere ferme le mani, che sguizzarono sotto la mia maglietta, accarezzandomi il petto nudo. Lanciò un altro urlo deliziato quando le sbottonai il reggiseno, il seno finalmente libero. Le sue labbra ritrovarono le mie, il mio petto contro il suo. Ma ancora non era abbastanza, volevo molto di più.

La lasciai andare e portai indietro la testa per ammirarla. Mi sentii quasi mancare alla vista del suo seno pieno e tondo, i capezzoli due boccioli turgidi e umidi. Sollevai lo sguardo sul suo. L'azzurro dei suoi occhi si fece più intenso. Aveva le labbra bagnate e gonfie per quel bacio selvaggio.

Susannah mi faceva impazzire talmente tanto da farmi perdere qualsiasi contatto con la realtà. Agivo di istinto, senza riuscire a trattenermi. Ce l'avevo talmente duro che sembrava sul punto di rompermi la zip dei jeans.

Ma Susannah prese letteralmente in mano la situazione, aprendomi la patta con un sorrisetto malizioso sulle labbra.

Capitolo Dieci

SUSANNAH

Mi sfuggì un gemito quando avvolsi la mano attorno al membro di Ward, caldo e duro, la pelle come velluto. Non portava le mutande, non era nel suo stile. Quell'uomo era un vero selvaggio, duro e crudo, primordiale, avvolto in un corpo talmente sexy e muscoloso da togliere il fiato.

Il cuore mi martellava così violentemente in petto da scuotermi tutta. A un suo gemito gutturale, un incredibile senso di potere mi pervase. Iniziai a massaggiargli l'asta e poi mi inginocchiai tra le sue gambe, passando la lingua sulla punta e assaporando la sua eccitazione. Sollevai lo sguardo e trovai i suoi occhi puntati su di me, profondi e intensi. Fece scivolare le dita tra i miei capelli e il contatto bastò a farmi accendere come un fiammifero.

Con un'altra passata di lingua lo presi tutto in bocca, grosso e teso. Non poteva non avere un pene spettacolare come il resto del suo corpo. Lo sentivo pulsare mentre lo muovevo dentro e fuori, reggendolo con la mano umida di saliva. Mi diede uno strattone e mi alzò in piedi.

"Ehi, mica avevo finito," protestai, la voce roca.

Incontrai i suoi occhi argentati e si strinse nelle spalle. "Non resisto più," replicò con un grugnito.

In pochi secondi mi sfilò jeans e mutande. Senza darmi nemmeno il tempo di pensare mi gettò sul divano, nuda per lui. Gli afferrai l'orlo della maglietta.

"Questa viene via," ordinai.

Un sorriso gli incurvò le labbra, gli occhi in fiamme. Portò una mano dietro la nuca e si sfilò la maglietta con un gesto fluido. Mi presi qualche momento per ammirarlo. Il petto era una parete solida di muscoli, coperto da una leggera peluria scura. Aveva i jeans aperti sui fianchi, l'erezione bagnata di saliva.

Ward sprizzava sicurezza da tutti i pori. Ed era giusto così. La bellezza fatta a persona, con il fisico scolpito e duro come la roccia. Un vero capolavoro. Mi si seccò la gola solo a guardarlo.

Si abbassò i jeans, lanciandoli via insieme agli scarponi. Passò le dita sul mio seno, il tocco così delicato ed erotico da farmi venire la pelle d'oca all'istante. Fece scivolare la mano sul ventre, fermandola all'apice delle cosce senza mai staccare gli occhi dai miei.

In quel momento gli avrei ubbidito ciecamente. Ero completamente fuori di me, schiava del desiderio che mi stava mangiando viva e del potere che Ward trasudava.

Senza dire una parola, lo sguardo fisso nel mio, fece scivolare le dita tra i riccioli morbidi e scesero sulla mia intimità. Mi scappò un gemito. Ero calda e bagnata per lui, così impaziente che non riuscivo neanche più a ragionare. Spinse un ginocchio nel cuscino del divano per divaricarmi le cosce, poi affondò un dito dentro di me. Non riuscii a trattenere un gemito gutturale. Un altro dito seguì il primo.

Mossi il bacino per incoraggiarlo, seguendo il suo ritmo.

"Voglio vederti esplodere e venire sulla mia mano," mormorò con voce roca, facendomi battere il cuore ancora più forte di prima.

Una vampata di calore mi pervase. Perfino la sua voce mi faceva eccitare, le sue parole che alimentavano il fuoco che mi ardeva dentro.

"Ma non mi basta. Voglio sentirti venire sul mio cazzo."

Il suo sguardo cinereo penetrò il mio mentre ritraeva le dita per affondarle di nuovo. Gridai di piacere, stringendomi attorno a lui. Mi sentivo già al limite e poi iniziò a massaggiarmi il clitoride, esercitando la giusta pressione per farmi impazzire ma senza ancora esplodere.

Si prese il pene in mano e iniziò a masturbarsi mentre era impegnato a farmi impazzire. Gocce di eccitazione gli facevano brillare la punta, scivolandomi sul ventre e risvegliando i miei istinti più animaleschi.

"Allora, prima dobbiamo parlare," disse, attirando la mia attenzione. "Visto che sei incinta non c'è bisogno di usare il preservativo, ma voglio sapere la tua opinione. Io non ho alcuna malattia, non ho mai fatto sesso senza preservativo."

"Nemmeno io," mormorai, sentendo tutto il peso e l'intimità della conversazione.

"Quindi?" domandò. "Decidi tu."

L'idea di eliminare qualsiasi barriera tra di noi mi eccitò come non mai. E lo ero già da impazzire. Deglutii nervosamente prima di rispondergli. "Non ce n'è bisogno."

Il suo sguardo mi penetrò mentre continuava a masturbarsi. Senza dire neanche una parola sfilò le dita dal mio sesso. Si allungò sopra di me e poggiò la punta pulsante del pene alla mia fessura. Ero bagnata fradicia. Iniziò ad accarezzarmi il clitoride con il membro, spingendomi sempre più al limite.

"Lo vuoi proprio tanto, vero?" mormorò, continuando a tormentarmi. "Senti quanto sei bagnata, cazzo."

"Ti prego, Ward..." La mia voce non era altro che un sussurro soffocato.

"Guardami."

I miei occhi sfrecciarono nei suoi, la pressione dentro di me non fece che aumentare davanti all'intensità che vi trovai. Senza distogliere lo sguardo dal mio passò di nuovo il pene sul mio bocciolo e inarcai disperata il bacino verso di lui.

"Ti prego," lo supplicai.

Non mi riconoscevo neanche. Il desiderio mi stava consumando e non potevo tollerare un secondo di più senza Ward dentro di me. Volevo che mi riempisse, che mi fottesse con foga fino a farmi perdere i sensi, per sentirmi finalmente soddisfatta.

Ma lui non aveva intenzione di correre troppo. Oh, affatto. Con gli occhi argentati fissi nei miei riportò la punta del pene sull'apertura, stuzzicandola per poi tornare a dedicarsi al clitoride. Un'altra ondata di piacere mi travolse e lanciai un urlo. Solo allora affondò dentro di me, riempendomi completamente con spinta decisa.

Ero già sul punto di esplodere, tutte le terminazioni nervose che vibravano tanto da fare male. Ward rimase immobile, il suo sguardo ardente che mi bruciava l'anima. Sentirlo dentro di me senza nulla a separarci era una sensazione meravigliosa. Ritrasse il bacino lentamente e affondò di nuovo, il contatto come una scossa elettrica.

Non riuscivo a staccare gli occhi dai suoi. Era un

momento così intimo. Fremevo tutta, con il cuore che martellava nel petto. Ward si ritrasse di nuovo e sprofondò con un colpo deciso, restando fermo dentro di me. Sollevò una mano e mi spostò i capelli arruffati dalla fronte. Mi persi in quella piacevole sensazione di pienezza che mi stava facendo impazzire. Avvolta dal suo corpo e dalla sua presenza imponente mi sentivo al settimo cielo.

Gli si chiusero gli occhi e farfugliò, "Quanto cazzo è bello stare dentro di te..."

Come per riflesso inarcai il bacino verso di lui, senza più riuscire a sopportare la pressione che faceva vibrare il mio corpo. Al mio movimento si riposizionò dentro di me e finalmente mi accontentò. Iniziò a fottermi con forza e ardore.

Ogni spinta mi portava sempre più in alto, la sensazione di pienezza sempre più acuta. Non distolse mai lo sguardo. Portò una mano al seno, stringendomi dolcemente un capezzolo prima di farla scendere sul ventre e giù fino al clitoride. Iniziò a massaggiarlo con il pollice e non riuscii più a contenermi. Il piacere esplose con una forza devastante dentro di me. Mi sentii come fluttuare, mentre gli spasmi dell'orgasmo mi scuotevano il corpo.

Con i muscoli contratti attorno a lui, lo sentii indistintamente lanciare un urlo e affondare un'ultima volta prima di irrigidirsi e riversarsi dentro di me. Rimase fermo immobile, gli occhi fissi nei miei. Si abbassò lentamente e invertì le posizioni senza spezzare l'intima unione. Rimasi ferma sopra di lui, col fiatone e il cuore che batteva furiosamente contro il suo. Mi fece scivolare una mano lungo la schiena, fino a raggiungere la curva della natica.

Perfino da quella delicatezza trapelava la sua forza. Tra le sue braccia, i corpi ancora congiunti, mi sentivo in paradiso. Ma poi la realtà cominciò a farsi strada nella mia mente. Ero incinta. E Ward lo sapeva.

"Svuota la mente, Zanna," mormorò con voce roca, sentendo il mio corpo irrigidirsi.

La sua sensibilità mi fece arrossire. Mi sfuggì una risatina che riuscì ad alleggerire la tensione. Sollevai la testa, appoggiando il mento alla mano.

Porca miseria. Una perfezione come la sua avrebbe dovuto essere illegale. Quei deliziosi riccioli ribelli, un'ombra di barba sul mento, i lineamenti scolpiti e quegli occhi... cazzo, quegli occhi. Gli bastava uno sguardo per mettere in ginocchio qualsiasi donna.

Il mio orgoglio però mi imponeva di non rivelargli che l'intensità del suo sguardo sarebbe bastata a portarmi all'orgasmo.

Aprì gli occhi e vi comparve un luccichio.

"Beh, però lo sai benissimo anche tu che abbiamo una cosa molto importante di cui parlare," dissi, presa da un attacco improvviso di timidezza.

Mi accarezzò di nuovo la schiena, palpandomi il sedere. Fece spallucce, muovendosi sotto di me. "Lo so. Ma adesso pensiamo a rilassarci, ne parliamo un'altra volta."

"Hai intenzione di riportarmi alla mia macchina?" domandai.

Sfoderò uno di quei suoi sorrisetti pericolosi che mi facevano sentire le farfalle nello stomaco. "Non stasera. Resti qui con me."

"È una domanda o un'affermazione?"

Il suo sorriso si allargò, malizioso. "Un'affermazione."

"Non sono una che ama prendere ordini," replicai.

L'argento scintillante dei suoi occhi mi penetrò. "Ma ogni tanto lo fai."

Arrossii violentemente, ricordando quando quella

notte passata insieme un mese prima mi aveva ordinato di mettermi a pecorina sul letto e di inarcare bene la schiena perché voleva vedere *"il tuo bel culetto e quella fighetta deliziosa che hai tra le gambe"*.

Non avevo esitato un solo istante. Pendevo dalle sue labbra e non potevo fare altro che ubbidire a ogni suo ordine.

Alzai gli occhi al cielo, aggrappandomi al mio autocontrollo. "E va bene. Hai ragione, a volte lo faccio."

In realtà non volevo proprio andarmene. Potermi addormentare accoccolata a lui sarebbe stato magico.

Senza aspettare un secondo di più, si alzò in piedi e mi prese in braccio. Qualche secondo dopo eravamo sotto la doccia. Avvolti dal vapore dell'acqua calda, lo sentii sbattere il palmo della mano sulle piastrelle alle mie spalle. Fece lo stesso con l'altra mano, intrappolandomi tra le braccia. Il modo in cui le gocce gli scivolavano dai capelli lungo quel corpo meraviglioso mi fece eccitare di nuovo.

"Vediamo di mettere le cose in chiaro," affermò.

"Ovvero?"

"Sei mia."

———

Il mattino seguente convinsi Ward a riportarmi piuttosto presto a recuperare la macchina. Non volevo rischiare che qualche collega ci vedesse arrivare insieme alla caserma. Aveva preferito non mettersi a discutere. Dopo il passaggio ero andata a prendere un caffè al Firehouse e poi a casa a cambiarmi.

Mentre mi stavo preparando per uscire di nuovo, le sue parole mi riverberarono nella mente. *Sei mia.*

Perché cavolo l'aveva detto? Mi aveva lasciata più confusa che mai. Purtroppo una parte di me amava quel suo senso di possessività. Porca miseria, non ero mica una di quelle donne che non poteva vivere senza un uomo. Certo, negare l'attrazione che ci legava sarebbe stato inutile, ma magari era tutta colpa degli ormoni. La dottoressa Jenkins mi aveva spiegato che avrei notato cambiamenti ormonali che mi avrebbero resa più instabile. Quel desiderio folle e irrefrenabile doveva sicuramente essere una delle conseguenze. Sul momento non mi ero messa a discutere, ma non era mica libero di reclamarmi come sua soltanto perché portavo in grembo suo figlio.

Capii che dovevo assolutamente mettere dei paletti. Altrimenti Ward avrebbe fatto irruzione nella mia vita, convinto di poterla controllare a suo piacimento.

Capitolo Undici

WARD

Il giorno seguente, attraversato l'ingresso della caserma trovai Beck appoggiato al banco della reception che rideva di gusto. Maisie si voltò a guardarmi, le guance rosse come ciliegie.

"Buongiorno, Ward," disse, spostandosi un ricciolo dagli occhi. "Posso aiutarti?"

"Mi hanno detto di rivolgermi a te per gli ordini di forniture," le dissi.

"Proprio così. Magari tu avrai più fortuna di me. Quando siamo al lavoro cerca sempre di non riservarmi alcun trattamento speciale," commentò Beck, con un ghigno.

Maisie gli lanciò una penna, ma la afferrò senza problemi. L'amore che li univa era chiaro come il sole. La loro relazione mi rincuorava, visto che anche io avevo perso la testa per una mia collega.

Maisie alzò gli occhi al cielo e poi li riportò su di me. "Fammi sapere che ti serve. Gli ordini li gestisco il lunedì, sia forniture per l'ufficio che attrezzatura per le squadre."

"Ricevuto. Per il momento mi sembra tutto in regola, ma avrei comunque alcune richieste da fare."

Maisie annuì, facendo rimbalzare la chioma riccioluta. "Io sono qui a tua disposizione. Oh, e ignora Beck, per favore. Riceve lo stesso trattamento che ricevete tutti quanti."

Beck si spinse via dal bancone, con un altro ghigno sulle labbra. "E il problema è proprio quello. Io ti massaggio i piedi ogni sera e poi in cambio non ricevo niente di speciale."

Squillò il telefono. Maisie lanciò un'occhiataccia a Beck seguita da un bacio, poi rispose e ci scacciò con un gesto della mano.

Beck mi seguì in corridoio. Sui lati c'erano alcuni uffici, mentre alla fine si arrivava in un'enorme sala relax dotata di cucina, tavolo da biliardo, televisione e una palestra, così come alcune camere da letto. Molti dei ragazzi vivevano a Willow Brook, ma alcuni venivano soltanto durante la stagione degli incendi e soggiornavano in caserma.

Girato l'angolo per entrare in sala relax mi si drizzarono i peli sulla nuca. Avvertii subito la presenza di Susannah. C'erano alcuni ragazzi seduti sul divano a guardare la televisione, mentre lei era in cucina a riempire d'acqua un bollitore. Si voltò nell'istante in cui io e Beck entrammo nella stanza.

Spalancò subito gli occhi e diventò tutta rossa. Soltanto vederla mi accese i sensi; un desiderio irrefrenabile prese a scorrermi nelle vene.

I suoi riccioli ramati erano raccolti in una coda di cavallo. Alcune ciocche ribelli le ricadevano sul viso. Indossava degli stivali sotto dei jeans e una maglietta. I miei occhi famelici se la mangiarono dalla testa ai piedi. Notai il gonfiore dei capezzoli turgidi sotto il cotone.

Ripensai alla sera prima, a quei boccioli bagnati con la mia saliva, ai muscoli del suo sesso stretti attorno a me mentre la scopavo. Il ricordo era ancora così vivido che mi schizzò tutto il sangue all'inguine.

Susannah distolse lo sguardo e poggiò il bollitore sul fornello, accendendo il fuoco prima di incrociare le braccia sul petto. "Ciao, ragazzi. Come va?" chiese con educazione.

Beck si poggiò al bancone accanto a lei, ignaro della tensione che si era creata tra di noi.

Le diede una gomitata. "Vedi di trattarlo bene. Si sta ancora adattando."

Susannah portò lo sguardo su di me e alzò gli occhi al cielo, poi si rivolse di nuovo a Beck. "Ward è un uomo adulto. Non ha bisogno di nessuno, tantomeno di me, che gli faccia da balia."

Beck era uno a cui piaceva scherzare e prendeva di mira praticamente tutti. Si strinse nelle spalle, con nonchalance. "Ma certo. Vedi comunque di trattarlo bene."

Qualcuno lo chiamò dalla palestra e se ne andò, lasciando me e Susannah da soli. In quel mese di lontananza l'avevo desiderata ardentemente e finalmente ero riuscito a possederla di nuovo. Ma sapevo che quella sete che avevo di lei non sarebbe stata facile da placare.

Avrei voluto caricarla su una spalla e portarla fuori da lì per perdermi in lei per giorni interi. Però prima dovevamo affrontare la realtà. Era incinta e avremmo avuto un bambino insieme. Forse la notizia mi aveva lasciato talmente sconvolto che non riuscivo a prenderla sul serio. Non pensavo ad altro che a quel desiderio ardente che continuava ad attanagliarmi e a cui volevo continuare a dare retta.

Ero un pompiere ormai da quattro anni. Le relazioni tra colleghi non erano una rarità. Il mio precedente caposquadra era sposato con una sua sottoposta. Avevano seguito l'addestramento insieme e si erano sposati neanche un anno dopo. Non avevo intenzione di sposarmi a breve, ma quell'esempio mi aiutava a vedere sotto una prospettiva diversa il rapporto con Susannah. E il fatto che fosse incinta alimentava il mio istinto di protezione. Ma una cosa era certa: non me la sarei lasciata sfuggire.

Capitolo Dodici

WARD

Il giorno seguente, ero seduto a tavola nella sala relax e mi accasciai contro lo schienale della sedia, guardandomi intorno. Era una caserma molto movimentata, ospitando tre squadre. Eppure, nessuno se lo sarebbe mai immaginato, considerando le ridotte dimensioni del paesino. Essendo in una posizione centrale dell'Alaska serviva diverse altre zone sul territorio.

Con una tazza di caffè in mano mi ritrovai a riflettere sul problema "Chad". Rex ci aveva centrato in pieno. Quel tizio era un vero stronzo che non faceva altro che causare problemi alla squadra. Quella settimana eravamo stati chiamati in una città limitrofa per un incendio che aveva coinvolto due capannoni. In breve, un vero disastro. Chad ci aveva riversato addosso tutta la sua negatività. Obbediva con riluttanza agli ordini dei due leader, una di loro Susannah.

Al, il mio predecessore, aveva preferito non prendersi alcuna responsabilità, ma mi aveva lasciato una trafila di documenti relativi al problema, procurandomi le munizioni che mi servivano contro Chad. Prima di agire, però, dovevo investigare sulle sue relazioni all'interno della squadra. Non volevo rischiare che un licenziamento improvviso causasse frizioni. In Montana ero diventato caposquadra e prima ero stato leader di un'altra squadra ancora. Ricoprire un ruolo di vertice poteva rivelarsi complicato anche nelle migliori delle circostanze. Un licenziamento così presto avrebbe potuto mettere a rischio la mia autorità, per quanto giustificato.

Un paio di ragazzi si stavano allenando, mentre degli altri guardavano la televisione sul retro della sala. Io intanto bevevo il mio caffè e finivo alcuni corsi di formazione online.

Cade entrò nella stanza e andò a riempirsi una tazza di caffè prima di unirsi a me al tavolo. Si passò una mano tra i riccioli castani spettinati, sedendosi con un sorriso sulle labbra. "Come va? Stai riuscendo ad ambientarti?"

Salvai il documento e chiusi il portatile. "In generale direi che va tutto bene. Il trasloco l'ho completato quando sono venuto il mese scorso." Per fortuna la gente aveva smesso di farmi le condoglianze per la morte di mia madre.

Annuì, sorseggiando il caffè. "Ho saputo che hai comprato la villetta sulla Fireweed Lane."

"Allora hai sentito bene. Mi hanno detto che l'ha costruita tua moglie. È proprio un bel posticino."

Cade sorrise. "Sì, è opera sua. L'impresa edile di Amelia è tra le migliori di Willow Brook."

"Non ho dubbi. La casa mi è piaciuta subito, per questo l'ho comprata. E il prezzo era onesto."

La somiglianza tra Cade e suo padre era impressionante. A tal proposito, gli domandai, "Com'è lavorare così vicino a tuo padre? Una seccatura?"

Si fece una risata, scuotendo la testa con un sorriso. "Ma no, dai. Da ragazzino era una scocciatura essere il figlio del capo della polizia, ma ora sono cresciuto. Ci vediamo spesso, ma senza pestarci i piedi a vicenda."

"Mi fa piacere," dissi con una risata. Visto che prima del mio arrivo aveva dovuto occuparsi della mia squadra insieme a Beck, decisi di chiedergli la sua opinione sulla situazione con Chad. Sicuramente aveva visto il quadro generale.

"Sai, tuo padre mi ha parlato di Chad. Tu che ne pensi?"

Cade bevve un lungo sorso di caffè. "Ti avrà già detto tutto lui. A mio parere è meglio affrontare la situazione il prima possibile. Non corre buon sangue tra lui e gli altri membri della squadra."

"Non vorrei agire troppo in fretta, ancora prima di farmi conoscere dai miei uomini. Non voglio iniziare con il piede sbagliato."

Cade si appoggiò allo schienale e sospirò, con aria pensierosa. "Hai ragione. Ma secondo me non ha senso aspettare. Non ne vale la pena. Da quando gli hanno rifiutato la promozione è peggiorato notevolmente. Il suo atteggiamento influisce negativamente sul morale della squadra."

Poggiai la tazza sul tavolo dopo averne bevuto un sorso, iniziando a tracciarne distrattamente il bordo con un dito. "Non hai tutti i torti. Beh, Al mi ha lasciato una pila di documenti che attestano tutti i problemi disciplinari di Chad. Mi sa che taglio la testa al toro. Visto che tu e Beck mi avete sostituito nell'ultimo mese, che ne dici se ci facciamo una bella chiacchierata con lui tutti insieme?"

Cade annuì lentamente. "Buona idea. Lavoriamo qui già da un bel po', quindi la squadra si fida di noi. Beck c'è perfino da più tempo di me. Se prendiamo questa decisione tutti insieme l'attenzione non ricadrà tutta su di te. Sappi che ti appoggiamo pienamente, così come Rex e probabilmente tutta la squadra.”

Cade e Beck li rispettavo davvero molto. Erano uomini molto affidabili che in caserma venivano rispettati da tutti tranne Chad, ma sicuramente il concetto di rispetto non faceva parte del suo vocabolario.

“Allora organizziamoci per questi giorni.”

“Perfetto. Vediamo di finire tutto entro la settimana prossima, visto che la mia squadra ha un addestramento.”

“D’accordo. Allora facciamo dopodomani?”

In quel momento Chad entrò dalla palestra. Il suo sguardo vacuo si guardava intorno con ostilità. Non salutò nessuno e tirò dritto fino alle docce.

Cade cambiò subito argomento. “Quest’estate ti porto a pesca con me, d’accordo? Sono cresciuto qui, quindi conosco le zone migliori.”

Prima di scoprire che Susannah lavorava a Willow Brook, ciò che più mi attirava della zona erano la pesca e la caccia. Non erano attività che mancavano in Montana, ma l’Alaska era tutta un’altra cosa. I chilometri di natura incontaminata offrivano possibilità infinite.

———

Quella sera ero stato invitato al Wildlands da Beck. In viaggio verso il locale pensai a Susannah. Magari ci sarebbe stata anche lei. Erano passate ormai tre notti dalla nostra ultima avventura. Dal mattino seguente in poi aveva iniziato a ignorarmi. E lo detestavo. Stavo perdendo la testa, frustrato come non mai.

Ogni volta che la vedevo in caserma sentivo il bisogno di toccarla, mentre lei faceva del suo meglio per fingere che tra di noi non ci fosse niente. Ormai non potevo più rimandare, dovevamo parlare, al più presto. Dovevo farla di nuovo mia, al più presto.

Parcheggiai poco dopo davanti al Wildlands e mi guardai intorno. Il resort si trovava sulla riva del pittoresco lago di Swan, un vasto gioiellino al centro di Willow Brook. Il Wildlands era senza alcun dubbio il resort più grande della zona, ma non certo l'unico. La riva era disseminata di moli per idrovolanti. Il lago era magico, con una splendida vista dei monti sullo sfondo. Alcuni eleganti cigni trombettieri scivolavano serenamente sulla superficie dell'acqua. Erano loro a dare il nome al lago (*swan*, cigno).

Infilai le chiavi in tasca ed entrai nel locale dalla porta sul retro. In corridoio mi tornò alla memoria quel bacio che un mese prima avevo condiviso proprio lì con Susannah. Quella notte insieme aveva cambiato completamente e in modo assolutamente inaspettato la mia vita.

Ripensai a qualche sera prima, al calore del suo sesso stretto attorno a me mentre affondavo sempre più in profondità, fino a raggiungere l'orgasmo più erotico e intenso della mia vita.

Scossi la testa per scacciare quei pensieri. Ogni volta che pensavo a Susannah mi veniva duro. Non potevo farci nulla. Ma non mi era mai successo. Ero sempre stato in grado di controllare i miei impulsi. Eppure, la presenza di quella donna faceva tremare il mio autocontrollo come una foglia.

Entrai nel ristorante e mi feci strada tra i tavoli per raggiungere Cade, Beck, Levi e altri dei nostri ragazzi. Avevano trovato un largo tavolo rotondo in un angolino sul retro della sala. La conversazione continuò fluida e presi una birra, ascoltando gli altri mentre non riuscivo a smettere di pensare a Susannah. Ormai stavo iniziando a perdere la pazienza, avevo bisogno di vederla.

Mi si drizzarono i peli sulla nuca quando il mio corpo percepì la sua presenza. Mi voltai e la vidi avvicinarsi al tavolo. Incrociai il suo sguardo e un'ondata di desiderio mi pervase. Mi venne subito duro, così duro che dovetti spostare le gambe per sistemarmi il pacco.

Ovviamente l'unico posto libero era quello accanto a me. Amelia era con Cade, Maisie con Beck e Lucy con Levi. Quanto avrei voluto confessare a tutti che Susannah era mia, ma sapevo che non era ancora arrivato il momento. Non avrebbe di certo apprezzato, era ancora troppo presto. Dovevo risolvere quell'impiccio il prima possibile.

Scivolò al mio fianco e si voltò verso di me. La guardai e il mio cuore per poco non esplose. La mia mente mi stava giocando brutti scherzi. Non riuscivo più a pensare lucidamente. Quella donna portava in grembo mio figlio. Senza alcun pudore, iniziai a fantasticare sul suo pancione rotondo e sodo.

Capitolo Tredici

SUSANNAH

Il mio cuore partì al galoppo non appena incrociai lo sguardo di Ward. In quei giorni ero riuscita a evitarlo il più possibile, ma non era certo stato facile. Dentro di me stavo impazzendo, lottando contro i miei impulsi.

Lo desideravo con una ferocia che andava contro ogni logica. Non avevo mai provato nulla del genere. Il sesso con Ward era diventato una droga.

E, maledizione, ne ero già dipendente. Ripensai a quelle parole di qualche notte prima.

Sei mia.

Gli ormoni mi stavano facendo impazzire. Ero incinta, volevo tenere il bambino e ancora non riuscivo a dare un senso al rapporto tra me e Ward. Il padre era lui, ma non volevo sottomettermi a uno stile di vita che non mi si addiceva. Non potevamo forzare le cose, ma in fondo avere un bambino insieme era una cosa seria. Era impossibile escluderlo completamente dalle nostre vite, quindi avrei dovuto puntare i piedi per terra e fargli capire che non ero certo una che si faceva mettere i piedi in testa da un uomo.

Qualcuno chiamò il mio nome, riportandomi alla realtà. Seguii la voce e vidi Maisie che mi guardava in attesa.

"Sì?" domandai.

Fece una risatina, spostandosi un ricciolo castano dal viso. "Ti ho solo salutata. Oggi dobbiamo tornare presto, quindi niente carte."

Seduta dall'altro lato del tavolo c'era un'altra mia cara, Lucy Caldwell, una fatina bionda, che alzò gli occhi al cielo. "Oh, ma che peccato. Non potrai fare il culo a tutti anche stasera."

Maisie si strinse nelle spalle. "Ehi, se c'è una cosa che mi ha insegnato mio padre è fare il culo agli altri a carte."

Amelia si aggiunse alla conversazione. "Meno male sappiamo di poterci fidare di te. Altrimenti potrei quasi sospettare qualcosa, tipo che conti le carte."

Maisie sbarrò gli occhi marroni, con aria offesa. "Non dirlo neanche per scherzo."

Lucy alzò di nuovo gli occhi al cielo. "Lo sappiamo che non bari. Rilassati."

La conversazione procedeva fluida attorno a noi e sentii lo sguardo penetrante di Ward su di me.

"Smettila di guardarmi così," sussurrai.

Non rispose e bevve un sorso di birra, carezzandomi la coscia sotto il tavolo. Una vampata di calore mi travolse all'istante.

Incrociai per un secondo il suo sguardo e mi voltai, incapace di reggerlo senza perdermi nella sua intensità.

"Che stai facendo?" sibilai.

Strinse la carne e fece scivolare con sicurezza il palmo della mano verso l'alto, fermandosi sulla curva del fianco. Riuscivo a concentrarmi soltanto sul suo tocco, il cuore a mille. La mia femminilità prese a pulsare, bagnandomi le mutandine.

Ward sorseggiò di nuovo la birra e l'appoggiò sul tavolo, rispondendo con nonchalance a una domanda di Beck. Manco l'avevo sentita. Ero così presa dalla nostra situazione da aver spento completamente il cervello.

Per fortuna al tavolo c'erano molte persone, tutte intente a chiacchierare, mangiare e bere. Arrivò il cameriere a chiedermi se desiderassi un bicchiere di birra, al che scossi la testa e chiesi dell'acqua. Lo sguardo ardente di Ward non mi lasciava neanche un secondo. Quando rivolse la sua attenzione altrove, provai come un vuoto.

La sua mano, furtiva e decisa, carezzava la pelle così sensibile del fianco, il mio sesso desideroso del suo tocco. Ward lo accontentò subito. Mi si formò un groppo alla gola, l'istinto di inarcare il bacino verso di lui quasi troppo forte. Dopo aver bevuto dell'acqua feci un respiro tremolante. "Smettila!" sibilai, cercando di rimanere impassibile, senza guardarlo.

"Solo se mi spieghi perché mi stai evitando," rispose, sottovoce.

"Perché stiamo facendo una stronzata," sussurrai. "Lavoriamo insieme. Peggio, sei il mio capo." Bevvi un altro sorso d'acqua, nel tentativo di raffreddare i miei bollenti spiriti. Qualcosa di forte sarebbe stato decisamente meglio, ma ovviamente non potevo.

Maisie mi disse qualcosa e la guardai. Ward ne approfittò per spostare le dita sul clitoride, iniziando a stuzzicarlo da sopra i jeans.

Facendo appello a tutto il mio autocontrollo, domandai a Maisie, "Come, scusa?"

Ormai il mio cervello era completamente sconnesso dalla realtà.

"Quand'è stata l'ultima volta che sei andata a Fairbanks?" ripeté. Non fece alcun commento, quindi probabilmente stavo riuscendo a mascherare le mie condizioni.

"Oh, due mesi fa," risposi, con voce strozzata verso la fine.

"Oh, d'accordo," concluse, riprendendo la conversazione con Beck.

"Devi smetterla," sussurrai aspramente.

"No," rispose Ward.

Rassegnata, mi voltai a incrociare il suo sguardo. Un sorrisetto gli incurvò gli angoli della bocca. Il mio stomaco prese a fare le capriole una, due, tre volte.

"Ward..." dissi in tono minaccioso.

La sua risata profonda mi fece venire i brividi.

"Vieni a casa con me," affermò, ignorandomi.

Visto che non ero una codarda decisi di reggere il suo sguardo, facendo appello a tutto il mio autocontrollo per rilassare il corpo e rimanere impassibile. Per fortuna la sala era poco illuminata; magari gli altri non avrebbero notato il rossore che mi infiammava le guance.

"Stasera?"

Annuì lentamente, spostando la mano e posandola sulla coscia. Sentii subito la mancanza del suo calore. Dissimulai il disagio bevendo un altro sorso d'acqua, poi feci un bel respiro per calmarmi.

"Sì, stasera," rispose, articolando con precisione le parole.

"Senti, possiamo..." Mi fermai quando scosse con decisione la testa.

"Allora, so che al timone ci sei tu, ok? È il tuo corpo, ma mi hai detto chiaro e tondo che vuoi portare a termine la gravidanza, quindi sto cercando di regolarmi di conseguenza." Stava parlando a voce bassissima, ma controllai comunque che nessun altro l'avesse sentito. "Sei tu che continui a dire che dobbiamo parlare. L'altra notte non mi sentivo ancora pronto, ma poi hai deciso di evitarmi per tre giorni di fila. Ti dirò che non ho affatto apprezzato," dichiarò aspramente.

Un'ondata di indignazione mi travolse. Lo fulminai con lo sguardo. "Non ti stavo evitando."

Una spudorata menzogna, ma non gli avrei mai confessato la verità. Il grigio dei suoi occhi si incupì e fece cadere di nuovo la mano tra le mie cosce. Questa volta il mio bacino si mosse per volontà propria e dovetti mordermi il labbro per trattenere un gemito.

"Se per convincerti devo giocare sporco, allora lo farò," affermò con decisione.

Un fuoco devastante mi pervase. Aveva assolutamente ragione. La gravidanza è stata inaspettata. Ancora non ero riuscita ad abituarmi all'idea, a riflettere sul mio futuro. Di certo non mi aspettavo di trovarmi legata a quell'uomo da un figlio.

Quando tolse di nuovo le dita, gli risposi senza pensare. "Ti stavo evitando perché non possiamo passare tutto il tempo a fare sesso."

Bevvi un altro sorso, sentendomi andare a fuoco. Ma neanche quell'aria gelida sarebbe stata sufficiente contro quei suoi occhi ardenti.

"E dove sarebbe il problema? Io non ci vedo nulla di sbagliato. Siamo pure piuttosto bravi. Non pensare neanche per un secondo che ti abbandonerò. Non era nei miei piani, ma è andata così e ho intenzione di assumermi le mie responsabilità. Preparati a passare la vita insieme a me."

Un brivido di eccitazione mi pervase per il suo

tono autoritario e lo sguardo bollente. Quell'uomo mi aveva rovinata.

Gli ormoni. È tutta colpa degli ormoni.

Continuavo a ripetermelo, sperando prima o poi di riuscire a convincere anche il mio cuore.

Capitolo Quattordici

WARD

Susannah riusciva a farmi letteralmente impazzire. Vicino a lei mi trasformavo in un cavernicolo. Ero rimasto talmente scombussolato dalla situazione da non capirci più nulla. Un miscuglio di emozioni mi si agitava dentro. La desideravo come mai avevo desiderato un'altra donna. Ogni momento di intimità non faceva altro che alimentare le fiamme di desiderio che mi divoravano.

Susannah era incinta. Non avevo mai contemplato l'idea di farmi una famiglia, di diventare padre. Mai.

Non era un futuro a cui aspiravo. A qualsiasi domanda a riguardo avrei risposto con un sonoro *col cazzo*.

Ma adesso che, nonostante tutto, stavo davvero per diventare padre? Beh, quell'immutabile realtà aveva cambiato tutto. Dopo aver metabolizzato che quello sarebbe stato il mio futuro, avevo preso una decisione. Avrei fatto tutto il possibile perché quel bambino avesse la famiglia che a me era mancata.

Ero riuscito a creare un bel legame soltanto con

mia madre. Aveva fatto l'impossibile per crescere me e mio fratello, facendosi in quattro. Purtroppo si era fatta incastrare ben due volte in matrimoni per motivi di interesse. La vita non è tutta rose e fiori. Dal mio padre assente e da quell'idiota del mio patrigno avevo imparato qualcosa di fondamentale: tutto ciò che non sarei mai voluto diventare.

Proprio per quello, ero assolutamente determinato a fare attivamente parte della vita di nostro figlio. Non mi sentivo ancora pronto a parlare di *amore*, ma quel sentimento che mi soffocava era molto più intenso e profondo di ciò che avessi mai provato per una donna.

Nei grandi occhi azzurri di Susannah percepii un lampo di rabbia. L'avevo senz'altro fatta infuriare. Non era il genere di donna che si faceva mettere i piedi in testa da un uomo. Ma non le avrei permesso di continuare a ignorarmi ed evitarmi.

Mi fulminò con lo sguardo, in risposta alla mia sfrontatezza. L'aria si caricò di tensione e Susannah distolse lo sguardo per bere un sorso d'acqua.

"Ti sembra il caso di parlarne adesso?" mormorò.

"Non in questo preciso istante, ma dopo sì. Non puoi continuare a evitarmi."

Diede un'occhiata veloce attorno al tavolo, per controllare che nessuno stesse facendo caso alla nostra conversazione. Ma non poteva fregarmene di meno. La vidi leccarsi le labbra e mi venne ancora più duro di prima.

Riportò lo sguardo su di me, un accenno di vulnerabilità riflessa negli occhi. "D'accordo," disse con un filo di voce. "Promettimi che non farai una scenata. Perché invece non vieni da me?"

Soffocai l'impulso di ordinarle di venire a casa mia. Un compromesso avrebbe beneficiato entrambi. "Va bene. Quando?"

"Domani," rispose.

Scossi la testa. "No. Non posso più aspettare."

Inspirò violentemente e distolse lo sguardo, un'ombra di rosso le tinse le guance. "Non puoi darmi ordini," mormorò.

"Non ti sto dando ordini. Io voglio te. Tu vuoi me. È inutile continuare a negarlo. Ma non è solo quello. Avremo un bambino, Susannah. Non era nei miei piani, ma non lo abbandonerò. E voglio capire una volta per tutte perché mi stai evitando."

Distolse di nuovo lo sguardo, annuendo in modo quasi impercettibile. "D'accordo. Stasera."

———

Susannah continuava a insistere per andare a casa sua. Dopo essere usciti nel parcheggio dietro al Wildlands si mise di nuovo a discutere, cercando una scusa per darmi buca. A un certo punto uscirono anche dei nostri colleghi, tra cui Chad, e finalmente anche lei aprì gli occhi. Se non voleva che la nostra conversazione venisse ascoltata da altri dovevamo per forza andare da un'altra parte, da soli.

La seguii fino a casa sua, parcheggiando accanto a lei. Erano quasi le nove di sera. Il sole stava tramontando e il cielo sembrava un acquerello, con pennellate che andavano dal rosa al viola, con qualche spruzzo dorato. La luna stava sorgendo dietro le montagne in lontananza. Scesi dall'auto e un'aquila si librò sopra di noi, un'ombra scura in contrasto con i colori pastello del cielo.

Susannah fece lo stesso e si voltò verso di me. "Siamo arrivati," affermò, lo sguardo cauto. L'aria pungente le pitturò le guance di rosso.

Nonostante avessimo raggiunto il livello massimo

di intimità che potesse esserci tra due persone, in realtà Susannah non la conoscevo molto bene. Però il suo nervosismo non mi sfuggì. Ce la stava mettendo tutta per spegnere quella fiamma che bruciava imperterrita tra di noi.

Fra i due, stavo cercando di essere quello realista. E non era mai successo prima. Il desiderio che ardeva tra di noi era una forza a sé stante, troppo potente da ignorare, che avevo tutte le intenzioni di alimentare.

La seguii sugli scalini fino dentro casa, osservando l'open space. La tenue luce serale filtrava dalle finestre. Quando la vidi tremare, spostai lo sguardo sulla stufa a legna posizionata in un angolo della stanza. "Vuoi accendere un fuoco? Ci penso io," mi offrii.

Susannah sospirò, guardandomi per meno di un secondo. Quando la vidi sfregarsi le mani sulle braccia il mio istinto protettivo prese il sopravvento. Senza aspettare una sua risposta, attraversai la stanza fino al termostato.

Ma arrivò al mio fianco ancora prima che potessi alzare la temperatura. Sbuffò e mi scacciò via la mano. "Ma porca miseria. Smettila di fare il prepotente."

Mi voltai infilandomi le mani in tasca per resistere alla forte tentazione di prenderla tra le braccia. Poggiandomi al muro la guardai, notando che stava ancora tremando. Mi fissava con quei suoi meravigliosi occhi azzurri, le guance arrossate.

"Hai freddo," constatai.

"È vero. Ma so badare a me stessa. Il fuoco riesco anche ad accenderlo da sola," dichiarò, voltandosi dall'altra parte.

Presi di nuovo le redini della situazione, superandola per raggiungere la stufa. "Ci penso io."

Presi un ciocco di legno dalla piccola rastrelliera lì

accanto, ma me lo strappò di mano. "Ci penso *io*," sbottò.

Feci un passo indietro e rimasi a osservare mentre gettava della legna nella stufa, per poi aggiungere dei ramoscelli per innescare la fiamma. Era perfettamente in grado di accendere un fuoco, ma in fondo avrei dovuto aspettarmelo. Pochi secondi dopo, la fiamma prese vita.

Susannah si raddrizzò e mi guardò, le braccia conserte. "Perché continui a trattarmi come fossi un'inetta?"

"Volevo solo aiutarti ad accendere il fuoco perché hai freddo."

Strinse gli occhi, prendendosi il labbro inferiore tra i denti. Il mio sguardo schizzò subito sulla sua bocca, come un'ape attratta dal miele. Il mio cazzo iniziò a gonfiarsi e non provai nemmeno a fermarlo. Bastava starle vicino che un desiderio incontrollabile mi travolgeva, quindi ormai avevo smesso di oppormi.

Un luccichio le riempì gli occhi e si voltò.

La mia reazione fu viscerale. *Odiavo* vederla turbata. Si avvicinò alle finestre che davano sul prato, illuminato dai raggi del sole che stava ormai svanendo all'orizzonte. La seguii senza neanche pensarci, notando il modo in cui le tremavano le spalle. Gliele accarezzai dolcemente, facendole scivolare verso il basso le mani per stenderle le braccia lungo i fianchi e voltarla tra le mie. Non avevo la minima idea di come comportarmi, ma nel caos che mi affollava la mente un solo bisogno sovrastava tutto il resto: quello di confortarla.

Era tesissima, il corpo rigido come una statua.

"Guardami, Susannah. Ti prego."

Dopo un respiro tremolante sollevò lo sguardo, gli occhi lucidi dalle lacrime, la fronte corrucciata. Per qualche motivo a me sconosciuto, quella donna riusciva a colpirmi nel profondo, toccando corde di cui non conoscevo nemmeno l'esistenza.

Quel cipiglio tra le sopracciglia mi faceva un'inesplicabile tenerezza e volevo proprio baciarlo. Ma sapevo che non sarebbe stato gradito, non in quel momento.

"Non puoi fiondarti così nella mia vita, Ward," disse, con voce malferma. Una lacrima le scivolò sul viso e istintivamente sollevai la mano per asciugargliela. "Anche io sono sconvolta quanto te. Non mi aspettavo una gravidanza. Cristo santo, abbiamo sempre usato il preservativo. Sto per diventare madre e sicuramente nemmeno tu avevi in programma di diventare padre," disse piattamente, mentre un'altra lacrima seguiva la prima. Un'altra lacrima che le asciugai.

Rimasi a guardarla, sentendo una stretta al cuore. Mi sentivo cadere a pezzi. Non sapevo che cazzo fare. Volevo solo che Susannah... Merda, non sapevo neanche cosa volessi. Non potevamo fare altro che affrontare insieme la realtà. Senza sapere cosa dire, mi lasciai guidare dall'istinto.

La strinsi a me, facendole scivolare una mano tra i capelli e l'altra attorno alla vita. Sarà anche difficile da credere, ma non stavo provando a sedurla. No, in quel momento volevo soltanto farla stare meglio. All'inizio si irrigidì, ma poi la sentii rilassarsi contro di me, prendendo un respiro tremolante dopo l'altro.

Un lieve brivido la percuoteva. Avrei voluto annullarlo, assorbirlo. Ma non ero nel mio elemento. Nel sesso sì che ero bravo. Ma confortare una donna, una donna che mi teneva letteralmente in pugno e che portava in grembo mio figlio, beh... era una completa novità.

Pochi istanti dopo smise di tremare e si strinse a me, premendo il bacino contro l'erezione prorompente.

"Ignoralo," mormorai, passando le dita tra i suoi ricci setosi.

Capitolo Quindici

SUSANNAH

L'erezione calda e dura di Ward premeva contro il mio basso ventre. Mi aveva ordinato di ignorarla, ma era impossibile. Un'ondata di desiderio mi travolse violentemente. Sentii il corpo in fiamme, il sesso pulsante. L'eccitazione bagnava le mutandine. Ed era bastato un semplice abbraccio.

Mi sentivo completamente scombussolata. Da Ward, il modo in cui il mio corpo reagiva a lui, la gravidanza e quel guazzabuglio di sentimenti che mi opprimeva. Mi piaceva vederlo così protettivo e autoritario, ma quasi non mi riconoscevo. Non pensavo che un giorno mi sarei mai abbandonata in quel modo a un uomo. Volevo soltanto che mi stringesse tra le braccia e cancellasse ogni mia minima preoccupazione. Avvolta nel suo calore mi sentivo al sicuro, protetta. Era come se il resto del mondo scomparisse e sentivo che alla fine sarebbe andato tutto bene.

Ma stavo sbagliando tutto. Ero troppo sconvolta dalla gravidanza e dalla certezza di volere quel bambino, nonostante quella scelta avesse fatto prendere alla mia vita una svolta che non avevo mai preso in considerazione. Ward aveva intenzione di restare al mio fianco, e quella rivelazione mi aveva colpita nel profondo.

Mi passò le dita tra i capelli. Con l'altra mano mi accarezzò affettuosamente la schiena, con passate forti e sicure. Mi sentivo soffocare dalle mie stesse emozioni, un garbuglio di contraddizioni. La dottoressa mi aveva avvisata degli scombussolamenti ormonali. Continuavo ostinata ad attribuire il mio scompiglio alla gravidanza e agli ormoni. Ma dentro di me lo sapevo che ciò che mi faceva provare Ward era qualcos'altro, un qualcosa che non riuscivo nemmeno a comprendere.

Non volevo ignorare la sua erezione. Anzi, volevo abbandonarmi completamente a lui e a quel violento uragano di passione, desiderio ed emozione che imperversava tra di noi perché sarebbe stata la via più facile. E così, quando mi fece scivolare di nuovo la mano lungo la schiena fino al sedere, cedetti alla tentazione e inarcai il bacino verso di lui. Un altro respiro tremolante e il desiderio mi travolse impetuoso, gettandomi nel cuore di quel fuoco che ardeva tra me e Ward.

La sua mano tra i miei capelli si fermò. "Susannah?"

Risposi senza dire una parola, abbassando la mano e passandola con forza sull'asta prorompente sotto i jeans. Trattenni un gemito e incrociai i suoi occhi grigio argento.

"L'hai detto tu che siamo piuttosto bravi. Non ha senso negarlo."

I suoi occhi ardenti erano fissi nei miei, ma non si mosse. "Forse è meglio se prima parliamo," replicò con voce profonda, facendomi venire la pelle d'oca.

Mi batteva così forte il cuore che facevo fatica a respirare. "Preferirei di no," mormorai, continuando ad accarezzargli il pene, deliziata quando un grugnito gutturale gli fuggì dalle labbra. "Le cose stanno così. Sono incinta e voglio il bambino. So che è una follia e che non l'abbiamo pianificato, ma la realtà è questa. Lascia che ti ricordi quello che hai detto tu stesso. *Io voglio te. Tu vuoi* me. Siamo piuttosto bravi a fare sesso, no? Quindi per il momento non preoccupiamoci di nient'altro."

Un lampo saettò negli occhi di Ward, ma non avevo idea di come interpretarlo. Il nostro era proprio un rapporto inconsueto. A livello fisico lo conoscevo alla perfezione. Francamente, fare sesso con lui era così meraviglioso e intimo da farmi quasi paura. Però per il resto non ci conoscevamo un granché. E a peggiorare le cose, avevamo iniziato a lavorare insieme.

"E dobbiamo capire come muoverci per quanto riguarda il lavoro. Forse è meglio se mi faccio trasferire in un'altra squadra," riuscii a dirgli sopra il battito martellante del mio cuore.

Ward scosse la testa, stringendo gli occhi. "No."

Quella sua predisposizione a voler avere sempre l'ultima parola avrebbe dovuto irritarmi, ma sinceramente non poteva fregarmene di meno. Ormai mi ero gettata insieme a lui nel fuoco della passione, tutto il resto era secondario. Iniziai a sbottonargli i jeans. Si mosse alla velocità della luce e mi fermò i polsi con una mano sola.

Provai a liberarmi, ma invano. "Lasciami," gli ordinai.

"Solo se prometti che la smetti di evitarmi. Questo lo voglio tanto quanto te..." Si fermò e mi palpò la natica, sfregando l'erezione contro di me per sottolinearlo. "Ma poi non piantarmi in asso."

Lo guardai negli occhi e mi sentii prendere dall'emozione. L'avevo capito quattro anni prima, quando mi ero concessa a lui. Quello che c'era tra di noi non l'avevo mai sentito con nessun altro. Il desiderio selvaggio e irrefrenabile che avevo provato mi aveva terrorizzata. Ma sapevo che sarebbe finita lì, dopo una singola notte insieme, e che non l'avrei mai più rivisto.

E invece eccolo di nuovo lì davanti a me, meraviglioso e sexy come non mai... e tutto mio. Aveva ragione, non potevo continuare a trattarlo in quel modo. Non l'avevo mai fatto con nessuno, ma nessun uomo prima di lui aveva avuto un potere così forte su di me. Il suo sguardo era implacabile. Sapevo che non sarei riuscita a fargli cambiare idea, quindi deglutii nervosamente per mandare giù il groppo alla gola che minacciava di soffocarmi.

"Non lo farò. Però..."

Mi si riempirono di nuovo gli occhi di lacrime, la gola secca. Era proprio per quello che preferivo abbandonarmi al piacere. Pensare era molto più difficile. "Però sto ancora cercando di metabolizzare tutto quanto," dissi, cupamente.

Ward mi faceva sentire così vulnerabile che avrei voluto scappare di nuovo. Ma non avevo via di fuga, né un posto in cui nascondermi dal suo sguardo fin troppo scaltro, dal suo forte abbraccio. Mi sorprese di nuovo allentando la presa. Poi mi riempì il viso di baci, tracciando una scia che partiva dall'orecchio e giù lungo il collo, le sue labbra così delicate e calde da farmi perdere la ragione, da farmi sciogliere ai suoi piedi.

Mi rimisi al lavoro e ricominciai a sbottonargli i jeans con foga, troppo impaziente. Quando finalmente potei toccare la pelle vellutata del suo membro non riuscii a trattenere un gemito. Amavo il fatto che Ward andava in giro senza mutande. Inspirò violentemente e poi portò la bocca sulla mia, invadendola con la lingua. Il bacio si fece più passionale e intenso, con lui che prese il comando praticamente subito.

La mano posata tra i miei capelli strinse la presa, intrecciandosi alle ciocche. Quel piacevole bruciore fu come una scarica elettrica di puro godimento e gemetti sulle sue labbra. Le nostre lingue duellavano in quel bacio così erotico e sensuale che mi cedettero le gambe. Per fortuna c'erano le sue braccia forti a reggermi in piedi, una mano bel salda sul sedere. Mi sollevò e gli cinsi la vita con le gambe.

Mi reggeva quasi fossi leggera come una piuma. Amavo sentirmi circondata dalla sua forza. Sollevai con riluttanza le braccia per avvolgergliele attorno alle spalle larghe, separandomi dalle sue labbra per riprendere fiato.

Senza perdere nemmeno un secondo iniziò a tracciarmi una scia di baci lungo la mascella, fino a stuzzicarmi l'orecchio con la lingua. Il respiro caldo sulla pelle mi fece venire la pelle d'oca. Riportò l'attenzione sul mio collo per poi sollevare la testa e dirigersi verso le scale.

"Letto," grugnì, in tono autoritario.

Indicai con un cenno del capo le scale. "Di sopra, sulla destra."

Avanzò a passo forte e sicuro, un passo che gli si addiceva alla perfezione. Strati di vestiti ci separavano, ma riuscivo a sentire l'erezione che strofinava piacevolmente contro il clitoride. Quell'uomo mi faceva assolutamente impazzire: la sua forza, il modo in cui mi stringeva forte a sé, il membro che premeva tra le mie cosce.

"Cazzo, Susannah," mormorò. "Mi stai uccidendo."

Sollevai la testa, un sorriso malizioso a incurvarmi le labbra. Sapere che forse anche io riuscivo a fargli perdere completamente il controllo mi dava un certo senso di potere che adoravo.

"Sbrigati," gli ordinai, la voce roca.

Mi afferrò la natica e strinse, le dita così vicine e allo stesso troppo lontane dal mio punto più sensibile. Mossi il bacino contro di lui e continuò a camminare, riportando le labbra sul mio collo. A ogni minimo contatto si sprigionavano potenti fulmini, il piacere che cresceva incontenibile.

"Qui?"

Troppo impegnata a leccargli quella deliziosa linea di pelle sopra l'osso della clavicola, avevo perso completamente la cognizione del tempo. Sollevai la testa e trovai di già la porta della mia camera davanti agli occhi. "Oh, sei proprio bravo a seguire le istruzioni," dissi con una risatina, toccando la porta con il piede.

Portò una mano sulla maniglia e spalancò la porta con un calcio. Si voltò e andò dritto al letto in mezzo alla stanza, fermandosi con me ancora stretta tra le braccia. I suoi occhi trovarono i miei, profondi e intensi, e l'aria si caricò all'istante di tensione. Con un grugnito catturò di nuovo la mia bocca, travolgendomi con un bacio passionale e mozzafiato che mi sciolse tutta. Un'ultima carezza della sua lingua e si staccò dalle mie labbra, lasciandomi completamente estasiata.

Mi prese per il fondoschiena e strofinò l'erezione contro il mio sesso, al che un brivido di piacere mi pervase. Cercai disperatamente di sfilargli la maglietta e mi guardò divertito.

"Uffa," mormorai.

Accennò un sorriso. "In questa posizione la vedo difficile."

Senza strappare gli occhi dai miei, mi mise lentamente giù. Mi accanii subito contro i suoi vestiti, ma fece un passo indietro e mi spogliò in un battibaleno. Che uomo efficiente che era. Guardai la montagnetta di vestiti sul pavimento. Ward mi sollevò e mi sdraiò sul letto, posizionando un ginocchio tra le mie cosce.

Nuda davanti a lui, i capezzoli doloranti si inturgidirono e la mia femminilità continuava a prepararsi per lui. Soltanto guardarlo bastava a farmi eccitare. Sentivo i miei umori tra le cosce. Il desiderio ormai incontrollabile, abbassai una mano e mi massaggiai da sola.

Il suo sguardo si fece più intenso. "No," disse, autoritario.

Il mio corpo reagì subito al suo ordine e la mano cadde sul letto. Sollevai un ginocchio e spostai la coscia, dandogli più accesso. Senza mai distogliere lo sguardo dai suoi occhi ardenti, lo sfidai, "Se non posso pensarci io, allora vedi di farlo tu."

Fece scivolare lo sguardo fino all'apice delle cosce. Il sesso mi pulsava dolorosamente di desiderio, stringendo i muscoli alla carezza del suo sguardo. Mi presi qualche secondo per ammirare l'uomo sopra di me. I jeans sbottonati, il pene duro, grosso, eretto. Non riuscivo più a resistere. Incrociai di nuovo i suoi occhi, dove bruciava una fiamma così intensa da lasciarmi completamente senza fiato.

Mi leccai le labbra. "Hai troppi vestiti addosso."

Ward non disse una singola parola, ma il suo sguardo si fece ancora più intenso. Con un movimento rapido si sfilò la maglietta, rivelando il petto muscoloso. Feci per sollevarmi sui gomiti, ma scosse bruscamente la testa. Il materasso si sollevò quando si alzò in piedi, togliendosi gli scarponi e i jeans. Chino sopra di me, fece scivolare le dita dallo sterno fino al centro del mio corpo, la pelle che bruciava nella sua scia.

"Amo questi riccioli rossi," mormorò, passandoci le dita.

Mi stuzzicò la femminilità bollente e un gemito mi sfuggì dalla gola, il bacino che si incurvò istintivamente verso di lui. "Dimmi, Zanna..." Il mio sguardo cercò il suo. Un'altra carezza e il polpastrello ruvido e calloso cominciò a massaggiarmi il clitoride. Il piacere era così intenso che il mio corpo venne percorso da tremiti. "Che cosa vuoi?"

Il suono della sua voce non fece che alimentare il desiderio, portandomi al limite. Avevo bisogno di lui, di sentire ogni centimetro della sua erezione dentro di me. Non esitai a dirglielo. "Ti voglio dentro di me."

Annuì lentamente. "Prima però devo fare una cosa."

Poi mi divaricò le gambe, tracciando una scia di baci che dal polpaccio salì fino all'apice delle cosce. Mi contorcevo sotto la sua bocca, vogliosa e col fiatone.

C'erano i preliminari e poi i preliminari con Ward, un misto di tortura e piacere allo stato puro. Affondò un dito nel mio sesso. Sentii il suo sguardo ardente su di me e mi costrinsi ad aprire gli occhi.

"Voglio sentire il tuo sapore."

Le sue parole così schiette e dirette, il mio sesso prese a pulsare per l'anticipazione. E poi posò la bocca proprio dove la volevo, facendomi godere con le dita, le labbra, la lingua.

"Cazzo, sei deliziosa."

Ward si prendeva esattamente ciò che voleva. Mi stava divorando con la perfetta miscela di ferocia e tenerezza. Il piacere cresceva a spirale dentro di me. Un intenso flusso di sensazioni mi travolse completamente; abbandonai mente e corpo alla sua bocca e alle dita che mi stavano facendo impazzire. Sollevò la testa.

"Zanna."

Nessun uomo mi aveva mai chiamata così, ma sicuramente nessuno aveva mai usato quel soprannome in quel modo. Pronunciato dalle sue labbra era come oro colato. Era come se volesse farlo suo, per reclamarmi come la sua donna.

"Guardami. Voglio vederti venire."

Non avrei mai potuto rifiutarglielo. Mi costrinsi ad aprire gli occhi, le palpebre così pesanti. Quando incrociai i suoi occhi, capii che non sarei più riuscita a distogliere lo sguardo. Si chinò di nuovo sul mio sesso, ricominciando a leccare e fottermi con le dita. Carezzò il clitoride, prendendolo poi delicatamente tra i denti.

Esplosi sulla sua bocca quando catturò il mio sguardo. Un'ondata di piacere mi travolse, propagandosi nel mio corpo con una forza da farmi tremare tutta. In preda all'estasi, lanciai un urlo. Soltanto una parola mi si formò sulle labbra: il suo nome. Ancora e ancora e ancora.

Sconvolta dall'orgasmo, sentii che sfilò le dita e portò le labbra sul ventre. Esplorò ogni centimetro del mio corpo, soffermandosi sul seno, stuzzicando i capezzoli con la lingua, i denti e le dita.

Nonostante fossi appena venuta violentemente, quando si allungò completamente su di me sistemò l'erezione calda e pulsante all'ingresso del mio sesso. Un desiderio insaziabile mi sopraffece di nuovo. Gli accarezzai il petto e poi dietro la schiena, fino a far scivolare le mani sui glutei muscolosi. Avevo un disperato bisogno di lui, di sentirlo dentro di me, di gustare il suo sapore. Aspettavo con ansia una sua mossa, leccandogli con avidità il collo.

"Zanna."

Aprii gli occhi e trovai l'argento brillante dei suoi in attesa. Mi sentivo come intrappolata in un groviglio di sensualità pura e fame di lui, mescolate a un livello di intimità che non sapevo come gestire.

Con una spinta fece scivolare il membro sul bocciolo turgido. Ero bagnata fradicia, pronta per lui. Poggiò i gomiti ai lati della mia testa per sorreggersi, spostandomi alcuni riccioli ribelli dalla fronte. Quando lo sentii muoversi di nuovo contro di me non riuscii a trattenere un gemito disperato. Soltanto lui avrebbe potuto saziare quella sete che mi stava tormentando. Soltanto lui.

Mi fece scivolare le mani lungo le braccia, prendendo le mie per portarmele sopra la testa. Mi inarcai contro di lui, il seno premuto sul suo petto sodo. Mi facevano male i capezzoli, turgidi e tirati per l'eccitazione.

Un'altra carezza del suo membro sul clitoride e una scossa di piacere mi attraversò. "Ho bisogno di te," lo implorai, ansimando.

"Sono qui," mormorò, la voce gentile ma ferma.

"No, dentro di me," gli ordinai, avvolgendogli le gambe attorno alla vita per spingerlo a me. "Non farmi aspettare ancora."

Avrebbe potuto benissimo continuare a tormentarmi, ma non si fece attendere. Senza lasciarmi andare le mani, si posizionò sull'apertura e iniziò a scivolare dentro di me. La sensazione di pienezza mi fece perdere anche l'ultimo briciolo di lucidità e iniziai a dimenarmi sotto di lui, implorandolo di darmi di più.

"Ward," mormorai, supplichevole.

Per un secondo temetti mi avrebbe fatta aspettare ancora, ma si ritrasse completamente e si spinse in profondità con un colpo secco.

Capitolo Sedici

WARD

I muscoli di Susannah stringevano pulsanti il mio membro. Il mio autocontrollo stava arrivando al limite. Gustare il suo frutto proibito mi aveva fatto impazzire. Quella donna riusciva a risvegliare i miei istinti primordiali. Rimasi fermo dentro di lei, abbandonandomi alle sensazioni.

Per fortuna non avevo mai avuto rapporti non protetti in vita mia, altrimenti non sarei mai più riuscito a fare sesso senza preservativo. Perché, porca miseria, affondare dentro Susannah senza niente che ci separasse era paradisiaco.

Inarcò il corpo contro di me, i capezzoli umidi e turgidi premuti sul mio petto. Aprii gli occhi e trovai i suoi vacui, in un'altra dimensione. Aveva le labbra gonfie, la pelle arrossata che brillava per il sudore e i riccioli ramati un groviglio spettinato sopra i cuscini.

Mi scoppiò il cuore e un'ondata di emozione mi travolse. Non mi ero mai sentito così legato e in intimità con una persona. Non sapevo come interpretare quelle nuove sensazioni. Avevo soltanto una certezza. Volevo perdermi in lei e dentro di lei, sentirla cadere a pezzi tra le mie braccia e riversarmi in lei. Amavo sentirla sotto di me.

Si abbandonò completamente a me, senza esitazioni. Eppure era una donna così forte, determinata e impavida. Vederla così arrendevole mi infiammò ulteriormente. Il mio corpo si mosse da solo, ritraendosi per affondare di nuovo il lei. Ancora e ancora e ancora. Il suo nome mi sfuggì dalle labbra quasi con venerazione, la voce un biascichio, ubriaco di desiderio.

Ero quasi al limite, ma prima di lasciarmi andare volevo farla finire. Con i testicoli tesi, pervaso da un piacere immenso, continuai a spingermi con forza dentro di lei. Portai il pollice sul clitoride, massaggiandolo a ritmo. Susannah lanciò un urlò e si irrigidì sotto di me, stringendosi come una morsa attorno al mio cazzo.

L'orgasmo mi travolse con una potenza inaudita. Neanche mi resi conto di aver gridato il suo nome, stringendole con forza le mani. Il corpo rigido e soddisfatto, diedi un'ultima spinta e crollai sul letto, trascinandola sopra di me.

Era una sensazione magica. Sentivo la sua pelle morbida, il corpo rilassato e il respiro affannato sulla spalla. Dopo qualche istante sollevò la testa e poggiò il mento su una mano. Percependo il suo sguardo, aprii gli occhi.

"Beh," disse, l'accenno di un sorriso sulle labbra

"Beh cosa?"

"Adesso ti va di parlarne?"

Per chissà quale motivo, risi alla sua domanda.

"Che c'è da ridere?"

Le passai le dita tra i capelli, godendomi il momento. "Ho il cervello in tilt. Mi sa che non troveremo mai l'occasione per parlarne seriamente. Ogni volta che siamo soli voglio solo farti mia."

Arrossì alle mie parole, i muscoli della femminilità si strinsero attorno a me. Il mio pene reagì in risposta e le portai una mano sulla natica. Susannah aveva un fondoschiena da capogiro.

"Già, ho notato che abbiamo questo problema," rispose, il rossore sulle gote sempre più intenso.

"E perché sarebbe un problema? L'hai detto anche tu che siamo piuttosto bravi, no?"

Si fece una risatina, che mi colpì dritto al cuore. Visto che ancora non sapevo come gestire i miei sentimenti, feci l'unica cosa che mi venne in mente. La toccai e le tempestai il collo di baci. Amavo il suo sapore.

Pensavo che avrebbe insistito per discuterne. Beh, in fondo quella sera avevo insistito pure io. Ma non lo fece. Arrossì e mi guardò con occhi ardenti. Mi tornò duro dentro di lei e si sollevò, iniziando a cavalcarmi. Mi abbandonai completamente alla sensazione di essere dentro di lei... il canale scivoloso e caldo, la pelle liscia come la seta, i capezzoli rosa sull'attenti. Poco dopo gridò di nuovo il mio nome ed esplose sopra di me; l'intensità del suo orgasmo scatenò anche il mio.

Ci addormentammo così, lei sopra di me e uniti ancora nel modo più intimo.

Capitolo Diciassette

WARD

Il giorno seguente mi svegliai con Susannah tra le braccia. Durante la notte ero scivolato fuori da lei, ma non appena percepii il calore del suo sesso contro il fianco, mi venne subito duro. Così non esitai un secondo di più a farla di nuovo mia, dovendo poi resistere alla tentazione di rifare tutto daccapo sotto la doccia. Ormai era chiaro che quella fame che avevo di lei fosse insaziabile.

Mi preparò del caffè e si offrì di prepararmi la colazione, ricordandomi che lei si sarebbe dovuta accontentare di un tè. L'atmosfera in casa era assolutamente famigliare. Eppure, quando provai a tirare fuori l'argomento di cui avremmo dovuto discutere, rimandò per l'ennesima volta la conversazione. La cosa stava iniziando a esasperarmi.

Una qualsiasi altra donna in una qualsiasi altra situazione non mi avrebbe fatto lo stesso effetto. Ma con Susannah era diverso, tutto molto più reale. In un futuro non poi così lontano avrebbe partorito nostro figlio, e quel concetto di *famigliarità* avrebbe preso un significato completamente diverso, più profondo.

Ma riuscii a tenere a freno la lingua, sapendo che insistere non sarebbe servito a nulla.

Mi preparai per andare in caserma e mi salutò con un, "Ci vediamo dopo". In quel momento vidi due ombre oscurarle gli occhi. Purtroppo aveva ragione, dovevamo trovare una nuova soluzione lavorativa.

Pensieri cupi mi affollarono la mente. Susannah era incinta e faceva l'hotshot. A volte ero un po' un capitan ovvio, eppure non avevo ancora considerato quei due fattori così importanti. Sentii un'improvvisa morsa al cuore, un peso sul petto che mi prese completamente alla sprovvista.

Decisi per il momento di ignorare quella sensazione di disagio e uscii per andare al lavoro.

———

Quel pomeriggio, Cade e Beck mi raggiunsero per discutere finalmente con Chad. Ovviamente andò tutto a rotoli.

"Ma vaffanculo," fu la risposta di Chad.

In realtà non avevo bisogno che Cade e Beck si assumessero la responsabilità della decisione, ma senza di loro sarebbe stato un vero inferno. Conoscevano molto meglio la situazione e il rapporto tra Chad e la squadra.

Ressi lo sguardo gelido di Chad. "Hai diritto alla tua opinione, ma la decisione è questa." Non persi nemmeno tempo a spiegarmi meglio, visto che fino a quel momento aveva continuato a difendersi a spada tratta.

Spostò lo sguardo su Cade e Beck, un ghigno sulle labbra. Quando lo riportò su di me, scosse la testa. "Loro lo sanno che te la fai con Susannah?"

Rimasi impassibile, ma una rabbia pungente mi assalì. "Non vedo dove vorresti arrivare," replicai.

"Sinceramente, la sua vita sentimentale non ha niente a che fare con questa storia," disse piattamente Beck. "Ti abbiamo appena elencato i motivi che ci hanno spinto a prendere questa decisione. Prendertela con Ward non ti servirà a nulla. Ti avremmo licenziato con o senza di lui."

Cade annuì fermamente, senza mostrare la minima reazione al commento di Chad.

Per fortuna Chad decise di non insistere sulla questione. Si alzò bruscamente, facendo rovesciare la sedia. "Andate a farvi fottere tutti quanti. Non vedo l'ora di andarmene da questo posto di merda." Dopodiché uscì con passo pesante dal mio ufficio, sbattendosi la porta alle spalle.

Mi alzai e lo seguii. "Prendi subito la tua attrezzatura e vattene."

Chad si girò a mormorare qualcosa, ma non si oppose. Andò dritto al suo armadietto, radunò le sue cose e filò via.

Grazie al cielo in quel momento non c'era nessuno in zona. Tornai in ufficio e vidi Beck avvicinarsi in corridoio con tre tazze di caffè in mano.

"Ecco qui," disse, posandole sul tavolino tondo nell'angolo. Mi afflosciai su una sedia con un sospiro, prendendo un caffè e bevendone subito un lungo sorso.

"Grazie," gli dissi, con un cenno del capo.

Beck annuì. "Figurati. Dopo una conversazione di merda fa sempre bene bersi un buon caffè."

"Hai proprio ragione," risposi, la mente da tutt'altra parte. Non sapevo se tirare fuori l'argomento Susannah, anche se in realtà non me ne fregava un cazzo dell'opinione degli altri. Sapevo che per il momento Susannah avrebbe preferito che la relazione restasse tra di noi, però dovevamo trovare una soluzione sul lavoro.

Nonostante li conoscessi da poco, mi fidavo di quei due. Decisi di spezzare il silenzio. "Grazie per il sostegno. Che se la prenda pure con me, ma almeno so di avere l'appoggio di due persone che lo conoscono da più tempo."

Cade annuì, bevendo un sorso di caffè con aria pensierosa. Ma non disse una parola.

Beck, il più chiacchierone dei due, si strinse nelle spalle. "Sapevo che avrebbe reagito così. Ed è proprio per via di quell'atteggiamento di merda che avrebbero dovuto licenziarlo molto prima."

Li guardai e bevvi un sorso, prima di posare la tazza sul tavolo. "Ragazzi, posso chiedervi un consiglio?"

Come al solito, Cade si limitò ad annuire. Beck, invece, sfoderò un sorriso. "Oh, ci piace un sacco dare consigli. Sputa il rospo."

"Beh, quello che ha detto Chad su Susannah è vero. Anni fa abbiamo seguito insieme l'addestramento. Non pensavo l'avrei più rivista. Ho scoperto che lavorava qui soltanto dopo aver accettato il lavoro. Vi chiedo cortesemente di non farne parola con nessuno. Se scopre che ve ne ho parlato mi ammazza. E come se non bastasse, è incinta."

Per poco Beck non sputò il caffè che stava bevendo. Perfino Cade perse il suo solito contegno, guardandomi con gli occhi sbarrati e a bocca aperta.

"Accidenti," disse Cade. "Non me lo sarei mai aspettato. Il bambino è tuo?"

"Senza alcun dubbio."

Beck si passò le mani tra i capelli, evitando per una volta di fare una delle sue solite battutine. "Porca troia. E cos'ha intenzione di fare?"

"Vuole portare a termine la gravidanza." Appena le parole mi uscirono dalla bocca mi si strinse il cuore, la gola strozzata dall'emozione. Ma cercai di soffocare quei sentimenti, perché non potevo assolutamente farmi vedere vulnerabile

Cade tornò in sé e inclinò la testa di lato. "Beh, avere un bambino insieme cambierà tutto. Non solo per la vostra vita quotidiana, ma anche sul lavoro. Ma potrebbe rivelarsi più facile di quanto pensi."

"In che senso?" gli domandò Beck, anticipandomi.

Cade si strinse nelle spalle. "Cioè, se Susannah è incinta non potrà lavorare ancora per molto. È da un po' che non rivedo il protocollo, ma mi sembra che dopo il primo trimestre non possa più uscire in missione. E così il problema si risolve da solo. Quando potrà ricominciare a lavorare, invece, forse è meglio se cambia squadra."

Scossi fermamente la testa. "No." Non potevo neanche sopportare l'idea di starle lontano per settimane intere. Non mi fermai però a riflettere su quel senso di angoscia e timore, sul suo significato.

Beck inarcò un sopracciglio. "Pensi di poterle dire cosa fare? Non credo che finirà bene, allora."

Risi. "Secondo voi si arrabbierebbe?"

"Se la costringi a restare nella tua squadra?" chiese Beck.

Annuii e intervenne Cade. "Conosco Susannah da anni. *Odia* che le si venga detto cosa fare."

La realtà mi colpì con una violenza inaspettata. Mi ero in qualche modo convinto che io e Susannah saremmo stati una coppia. Ero fottuto. La mia vita aveva preso una direzione di cui non conoscevo nemmeno l'esistenza e non sapevo più che cazzo fare.

Il mio turbamento dev'essere stato evidente, perché Beck mi guardò con un sorrisetto furbo sulle labbra. "A quanto pare non ti eri nemmeno reso conto di quanto fosse diventata importante per te. Fidati, lasciati guidare dal cuore. Susannah è una donna fantastica e ormai..."

"Ti ha in pugno," concluse Cade.

Capitolo Diciotto

SUSANNAH

Con le mani sui fianchi, restai fuori a osservare un mio compagno di squadra che si fiondava fuori dall'edificio in fiamme. Il vento soffiava impietoso, portandosi dietro ammassi di nuvole. Eravamo stati chiamati a gestire un incendio in una cittadina poco distante. Un resort di pesca aveva preso fuoco per un problema alla canna fumaria. Una struttura vasta e che brulicava di ospiti, rendendo il nostro lavoro ancora più difficile. Al momento la mia squadra era impegnata a evacuare le persone.

Io ero incazzata, anzi, furiosa con Ward perché mi aveva costretta a restare di guardia vicino al camion. Mi aveva *ordinato* di non entrare nell'edificio. Odiavo sentirmi inutile. Quello che più amavo del mio lavoro era aiutare gli altri, mettendoli prima di tutto. Detestavo restarmene in panchina, ma proprio lì mi aveva messa Ward.

Alcuni di noi dovevano restare accanto al nostro camion. Ward, invece, si trovava nel bel mezzo dell'azione. Era già entrato diverse volte nell'edificio, portando in salvo diversi ospiti con l'aiuto dei nostri compagni.

Ma quella rabbia si mescolava a un inaspettato senso di angoscia. Era normale preoccuparsi per i propri compagni di squadra. Ad esclusione di Chad, che per fortuna era stato licenziato, ero legata a tutti loro, conoscendoli ormai da più di tre anni. Ma quell'ansia che mi faceva provare Ward era diversa.

Sentivo come una morsa attorno al cuore, che batteva all'impazzata nel petto perché era appena rientrato nell'edificio in fiamme. E io, nel frattempo, dovevo restarmene con le mani in mano.

Ore dopo eravamo finalmente di nuovo in caserma, stanchi, soddisfatti e lerci. I ragazzi corsero tutti alle docce maschili, mentre io mi avviavo verso quelle femminili, uno spazio decisamente più ristretto rispetto al loro. Ma in fondo eravamo soltanto in due, io e Harlow May. Harlow si era unita alla squadra di Cade da quasi un mese. Era una donna alta e forte, che si faceva valere. Era pure bellissima, con una cascata di lucidi capelli neri e gli occhi marroni. Sembrava ignorare completamente il suo fascino e il suo atteggiamento da maschiaccio l'aveva aiutata sin da subito a integrarsi.

Mentre mi stavo risciacquando i capelli, sentii la voce di Harlow. "Mamma mia. Meno male che ci sei tu, altrimenti sarei l'unica donna qui dentro," disse, senza neanche salutare.

Accese l'acqua e sollevai la testa, guardandola con un sorriso. "Oh, ti capisco. Ho passato tre anni da sola. Sei l'unica ragazza che sia mai finita qui."

Continuammo a lavarci in silenzio per alcuni minuti. Alla fine spensi l'acqua e le passai davanti, al che mi seguì. Arrivate nello spogliatoio, mi guardò con una certa curiosità negli occhi.

"Tutto bene?" le domandai.

Harlow mi fissò, cercando le parole giuste. "Non voglio impicciarmi negli affari tuoi, ma sei incinta?"

Rimasi letteralmente a bocca aperta, le guance rosse come pomodori. Merda. Sicuramente la mia reazione mi aveva tradita, perché sorrise dolcemente. "Quindi è vero?"

Annuii piano. "Come l'hai capito? Sono appena all'inizio della gravidanza." Quasi sette settimane, per l'esattezza.

Si strinse nelle spalle. "Anche io una volta sono rimasta incinta." Si portò le mani al seno, poi si diede qualche colpetto al ventre. "Non passo il tempo a fissarti, tranquilla, è che un pochino sei cambiata."

Iniziarono a girarmi le rotelle nella testa. Ero sicura non avesse figli, quindi la sua confessione mi lasciò perplessa. Ma si spiegò subito, notando la mia reazione. "Ho perso il bambino al quarto mese," dichiarò.

"Mi dispiace," replicai, senza sapere cos'altro dire.

I suoi occhi riflettevano una profonda tristezza. "È la vita, purtroppo. Non era il momento giusto e la gravidanza è stata del tutto inaspettata. Però avevo deciso di tenere il bambino. Ho avuto un incidente sul lavoro, una brutta caduta. Il dottore non ha saputo dirmi con assoluta certezza che l'aborto fosse collegato a quell'evento. Ma è andata così. So che non sono affari miei, ma se vuoi davvero quel bambino devi stare molto attenta. Dovresti parlarne con Ward, così da caposquadra prenderà le giuste precauzioni."

La fissai, intensamente, un vortice di pensieri per la testa. Venni attanagliata dalla paura di perdere il mio bambino, ero sull'orlo delle lacrime. Sapevo benissimo che ogni gravidanza portava gli stessi rischi, ma non riuscivo a pensare lucidamente. La realtà mi colpì duramente, ma cercai di mantenere il controllo sulle mie emozioni e concentrai di nuovo l'attenzione su Harlow. "Mi dispiace davvero tanto."

Harlow si strinse nelle spalle, ma il suo sguardo si fece cupo. "Non preoccuparti. Sono già passati due anni. Come ho già detto, non era il momento giusto. Per non parlare del padre del bambino... Beh, era un vero stronzo, mi aveva abbandonata al mio destino. E così mi sono ripromessa che non avrei mai più frequentato un coglione del genere." Fece una pausa e proseguì con cautela. "Immagino tu voglia tenere il bambino."

Annuii e sorrise dolcemente. "Congratulazioni."

Rimanemmo lì ferme a guardarci. Ormai non sapevo più cosa dire. La sua esperienza mi aveva colpita nel profondo ed ero assolutamente sconvolta. Per fortuna la voce di Maisie risuonò dall'interfono, richiamando le squadre al lavoro per un incendio fuori città.

Nonostante le tre squadre di Willow Brook fossero formate da hotshot addestrati per le missioni nelle zone più remote dello Stato, ci occupavamo anche degli incidenti locali. Per quanto la caserma si trovasse in una piccola cittadina, la nostra giurisdizione si estendeva per una vasta area, quindi eravamo sempre molto indaffarati.

Harlow si rivestì in fretta e furia e andò a cercare Cade. Io invece non sapevo cosa fare. La decisione di Ward di lasciarmi in panchina mi aveva fatta infuriare, ma allo stesso tempo le parole di Harlow mi avevano spaventata a morte.

Non avevo ancora finito di vestirmi e rimasi lì ferma a pensare a cosa fare. In teoria sarei dovuta andare a parlare con Ward, ma doveva essere impegnato. Manco a farlo apposta, qualcuno bussò alla porta dello spogliatoio.

"Susannah?"

Il suono della voce di Ward mi fece battere forte il cuore per l'emozione. "Sei vestita?" chiese, da dietro la porta.

"Dammi un secondo," risposi, infilandomi i jeans e una maglietta.

Andai ad aprirgli, trovandolo già pronto per tornare all'azione. Lo invitai ad entrare e mi chiusi la porta alle spalle. Il suo sguardo ardente si spostò sul mio corpo. Rimase sull'uscio, emanando un forte senso di potere, come se stesse cercando di controllarsi. Incontrò i miei occhi e disse, "Harlow mi ha detto che prima di andare volevi parlarmi."

Annuii, combattuta. Una parte di me era ancora infastidita dal suo atteggiamento. Non sopportavo che si sentisse autorizzato a darmi ordini e impormi limiti. Ma allo stesso tempo amavo sentirmi protetta. Una sensazione che, certo, amavo, ma che mi faceva sentire debole e vulnerabile.

Senza pensarci, gli ripetei le parole che mi aveva appena confessato Harlow. "Anni fa era incinta e ha perso il bambino per colpa di un incidente sul lavoro. Non so..." Non riuscii a completare la frase, la gola strozzata dall'emozione.

Ward chiuse a chiave la porta e si avvicinò, fermandosi così vicino che riuscivo a sentire il calore che emanava.

"So che ti ho fatta arrabbiare, ma è proprio per questo che ti ho chiesto di restare in disparte. Dobbiamo assolutamente parlarne, organizzarci al meglio. Ma se hai intenzione di opporti, allora non so davvero più cosa fare."

"Cosa sono per te?" gli domandai, le parole sfuggite dalle mie labbra.

L'argento dei suoi occhi si offuscò e mi guardò intensamente. "So solo che non voglio mettere in pericolo nostro figlio."

Il cuore mi batteva nel petto, mentre una vampata di desiderio mi assaliva. Era come se Ward stesse cercando di buttare giù quel muro che avevo costruito attorno al mio cuore. Non riuscivo più a separare la passione dalle mie emozioni. Ed era tutta colpa sua.

"Questa volta preferirei non venire, se non ti dispiace." Non era quello che avrei voluto dirgli, ma fu quello che il mio cervello scelse.

La sua espressione si addolcì e lo vidi molto più sereno. Mi tirò tra le sue forti braccia e sentii l'improvviso bisogno di piangere. Ma non era il momento. Doveva andare. Mandai giù il groppo alla gola e feci un passo indietro. "Devi andare. Cosa dirai agli altri?"

"Che non stai bene. Tutto qui." Aprì la bocca come per aggiungere altro, ma si fermò. "Meglio che vada."

E così fece. Lo seguii con lo sguardo, mentre si allontanava a passo deciso.

Quando sparì dalla mia vista, nella mia testa si scatenò una battaglia. Mi ero lasciata intimorire troppo facilmente. Non era affatto da me. Però l'esperienza di Harlow mi aveva segnata profondamente e non potevo di certo ignorarla.

Capitolo Diciannove

WARD

Quando quella sera tornai in caserma, dopo una doccia mi rintanai nel mio ufficio a riflettere. Era stata una normalissima giornata di lavoro, molto più leggera del solito. Poter domare un incendio in un giorno solo era una passeggiata rispetto alle missioni di settimane intere nel bel mezzo del nulla.

Sinceramente, l'avevo capito subito che Susannah se l'era presa per la mia decisione di lasciarla stazionata al camion. Dopotutto non le avevo chiesto la sua opinione, ma in realtà l'avevo presa lì sul momento. Non me l'ero sentita di metterla in una posizione così rischiosa, quindi non avevo esitato a tenerla alla larga dall'azione.

Quando Harlow mi aveva mandato da lei avevo temuto il peggio, che le fosse successo qualcosa durante la doccia. Ormai quando si trattava di lei non riuscivo a pensare lucidamente. Sapevo quanto fosse forte e indipendente, eppure quell'istinto di proteggere lei e il bambino sovrastava tutto il resto.

Grazie al cielo aveva deciso da sola di farsi da parte, traumatizzata dalla storia di Harlow. Però era arrivato il momento di affrontare la realtà, di parlare del nostro futuro.

La sua domanda continuava a frullarmi per la testa. "Cosa sono per te?"

Due sole parole mi vennero in mente.

Tutto. Mia.

La mia squadra era uscita a bere, mentre io volevo solo andare da lei e stringerla tra le braccia, l'unico posto in cui poteva essere sempre al sicuro.

Tolsi il telefono dalla tasca e, senza stare a pensarci troppo, le inviai un messaggio.

Sto arrivando.

Capitolo Venti

SUSANNAH

Sto arrivando.

Quelle due parole mi scatenarono dentro l'ennesima battaglia di emozioni contrastanti. Ward era un uomo autoritario, un vero alfa. Una personalità che allo stesso tempo odiavo e amavo.

Le mie dita fremevano sullo schermo, ma volevo evitare di mandargli una risposta infantile. Ma lo volevo lì con me, più di qualsiasi altra cosa. Decisi di pulire la cucina per distrarmi. Non che ci fosse molto da pulire, giusto qualche piatto sporco e il frigorifero da organizzare. Con la testa nello sportello, sentii bussare alla porta e la voce di Ward come entrò in casa.

Prima che potessi spostarmi arrivò alle mie spalle, le mani forti subito sul mio corpo, scivolando sulla curva dei fianchi e fino al fondoschiena. Raddrizzai la schiena e mi voltai, chiudendo il frigorifero. Sentivo i capezzoli premere sotto il tessuto della maglietta, inturgiditi dall'aria fredda. Il suo sguardò si posò proprio lì prima di incrociare il mio e arrossii.

"Non sei stato tu, sappilo," dissi, seccata dalla reazione del mio corpo. Ma quando mi soffermai a guardarlo, ogni cellula scattò sull'attenti.

Sfoderò uno di quei suoi sorrisetti pericolosi che, automaticamente, mi fece sentire le farfalle allo stomaco. Sempre più seccata, spostai la conversazione da un'altra parte. "Com'è andata?"

Inarcò un sopracciglio, perplesso, e mi spiegai meglio. "Con l'incendio."

"Non era niente di che. Un tipo ha deciso di accendere un falò e gli è sfuggito di mano, coinvolgendo la foresta dietro casa. Ho notato che qui le norme a riguardo sono piuttosto permissive."

Mi sfuggì una risata. "Eh, già. Molte città hanno regole più stringenti durante i periodi secchi, ma purtroppo diverse zone continuano a concedere permessi per tutta l'estate."

Il suo sguardo si fece più cupo, le sue mani ancora posate sui miei fianchi. "Dobbiamo parlare."

Quel pomeriggio avevo avuto modo di riflettere, giungendo a qualche conclusione. Però la nostra relazione rimaneva una grossa incognita.

"Lo so. Ho passato il pomeriggio a pensare. Domani sento la mia dottoressa. Mi ha già detto che mi rilascerà un permesso per farmi esentare dai lavori pesanti. Non c'è bisogno di fare sapere a tutti che sono incinta. Almeno non per il momento. A quello ci penseremo più avanti," gli spiegai.

Il suo sguardo intenso mi scatenò un turbine di emozioni dentro. Rimase in silenzio, annuendo poco dopo.

"Non dici niente?" protestai.

"Mi sembra un'ottima idea," rispose.

Prima che potessi aggiungere altro la sua bocca fu

sulla mia, la sua mano tra i miei capelli. Mi lasciai trasportare da quella folle e intensa intimità che ci avvolgeva.

E non avrei potuto chiedere di meglio. Preferivo l'azione alle parole.

Capitolo Ventuno

SUSANNAH

La dottoressa Jenkins si poggiò allo schienale, sistemandosi gli occhiali sul naso. "Sono davvero felice di scriverti questa lettera, sai? E francamente mi fa tanto piacere vedere che hai aperto gli occhi. Sono la prima a incoraggiare le mie pazienti a non tormentarsi troppo durante la gravidanza. In fondo le donne hanno figli sin dall'alba dei tempi. Fa parte della nostra vita. Ma tu hai un lavoro molto impegnativo e sfiancante."

Ero seduta davanti a lei sul lettino, con indosso solo una leggera vestaglia in cotone, e non riuscivo a tenere ferme le mani per l'ansia. Senza che neanche me ne rendessi conto, una lacrima mi scivolò sul viso. La dottoressa si alzò e prese una confezione di fazzoletti dal tavolo, offrendomene uno.

"Non sono affari miei e sentiti libera di tenertelo per te. Ma vorrei sapere chi è il padre e se fa parte della tua vita. Ti ho già parlato degli sbalzi d'umore, no? Però non mi hai ancora rivelato l'identità del padre e come vivi il vostro rapporto. Non sono qui per farti la paternale, figurati. Alcune delle migliori madri che conosco sono single. Ma se il padre del bambino è ancora al tuo fianco, forse potrebbe accompagnarti a qualche appuntamento, che dici?" spiegò dolcemente.

Realizzai che mi conosceva meglio di quanto pensassi. Era riuscita perfettamente a interpretare le mie lacrime. Mi soffiai il naso e annuii.

Ripensai alla notte prima, quando Ward mi aveva posseduta sul bancone della cucina con così tanto impeto da farmi vedere le stelle, l'orgasmo così potente da non riuscire a reggermi in piedi. Il nostro livello di intimità era incredibile. Eppure avevamo rimandato di nuovo la nostra conversazione. Chissà se quell'insaziabile voglia di sesso derivava dagli ormoni della gravidanza.

Anche se Ward aveva reagito in modo positivo alla notizia della gravidanza, sarebbe davvero stato disposto a venire con me agli appuntamenti? In realtà non ero nemmeno sicura di volerlo lì con me. Un senso di angoscia mi perseguitava. La mia vita stava cambiando completamente e avevo iniziato a sperare in un futuro che mai prima d'allora avevo considerato. Un futuro con Ward e nostro figlio.

Mi sentivo una ragazzina stupida che sognava di sposarsi e vivere in una villetta circondata da un recinto in legno. Una vita che non pensavo neanche che un giorno avrei desiderato così tanto. Ma soltanto con Ward al mio fianco. Aspirazioni che in realtà non avevano molto senso, ma che in quel momento sembravano naturali.

Tolsi un altro fazzoletto dalla confezione e guardai la dottoressa Jenkins. Nei suoi occhi brillò una dolce tenerezza. Mi sorrise con affetto. "Beh, ti dirò la verità, anche se potrebbe essere un po' dura. Che una gravidanza sia stata pianificata o meno, che i genitori siano sposati o meno, per esperienza ti dico che non sono fattori che incidono sul futuro del rapporto."

Con un sospiro tremolante, annuii. "Gliene parlerò. Forse è meglio che venga almeno una volta." Così le dissi, ma dentro di me non mi sentivo convinta.

Andò alla scrivania e scrisse qualcosa al computer, controllando il calendario. "Possiamo fissare la prima ecografia tra qualche settimana e la prossima tra la diciottesima e la ventiduesima settimana. Potrai scoprire se è un maschietto o una femminuccia. Sempre che tu voglia saperlo prima," affermò. "Per il momento segno gli appuntamenti sul calendario, poi la receptionist ti darà le date quando esci," concluse, continuando a scrivere sulla tastiera.

Le lacrime ripresero a sgorgare, ma questa volta di gioia. Non avevo deciso io di avere quel bambino, sicuramente non ero pronta e la relazione con Ward era un grande punto interrogativo, ma in quel caos aveva preso a brillare uno strano senso di felicità.

———

Quella sera sentii vibrare il telefono sul bancone della cucina. Un brivido di eccitazione mi percorse tutta. Qual giorno non avevo ancora sentito Ward. Non me l'ero sentita di andare al lavoro. Guardai lo schermo e trovai un suo messaggio. Un sorriso mi si formò sulle labbra e provai un delizioso senso di gioia.

Sto arrivando.

Controllando l'ora, calcolai che sarebbe arrivato in un quarto d'ora. Iniziai in fretta e furia a piegare il bucato, per distrarmi nell'attesa. Quando sentii il pick-up fermarsi nel vialetto dovetti resistere alla tentazione di uscire a salutarlo.

Quando entrò sollevai lo sguardo, riponendo un paio di calzini nel cesto della biancheria. Si chiuse la

porta alle spalle e si fermò, lo guardo fisso nel mio.
L'aria prese subito vita, caricandosi di elettricità. Si
sfilò gli stivali e poi la giacca, lasciandola sull'appen-
diabiti.

"Hai già cenato?" mi domandò.

Scossi la testa e sorrise. "Perfetto, ho ordinato la
pizza. Scusami, ma sto morendo di fame," dichiarò.

Lo guardai, con mille pensieri per la testa. Le
parole uscirono da sole dalle mie labbra. "La mia
dottoressa vuole sapere se sei disposto ad accompagnarmi a una visita."

Oh, quanto avrei voluto rimangiarmele subito,
quelle parole. *Ormoni, ormoni.* Non avrei dovuto sgan-
ciargli una bomba del genere così all'improvviso.

Ward si bloccò in mezzo alla stanza, gli occhi sbarrati per lo shock. "Cielo, non ci avevo neanche
pensato."

Nervosa, mi strinsi nelle spalle, fingendo indiffe-
renza. "Non sentirti obbligato, eh. Te l'ho detto giusto
perché me l'ha chiesto lei."

Una macchina si fermò davanti a casa e tirai un
sospiro di sollievo. Il fattorino era arrivato proprio nel
momento giusto.

Capitolo Ventidue

WARD

Il mattino seguente venni svegliato dai raggi del sole che filtravano dalle finestre. Mi sentivo completamente rilassato e in forma smagliante. Oh, e ce l'avevo duro come il marmo. Ma con il corpo caldo e morbido di Susannah al mio fianco, era normale.

La notte prima, dopo aver mangiato la pizza eravamo rimasti sul divano. Scoprii che non amava molto la televisione, ma era appassionata di film di fantascienza. Il pensiero mi strappò un sorriso.

Manco a farlo apposta, mi ero svegliato con il suo seno piacevolmente pesante in mano. Le sfiorai il capezzolo con il pollice, soddisfatto quando lo sentii inturgidirsi. Spostai le dita sull'altro bocciolo, esplorando con cura il suo corpo. Il mio cazzo nel frattempo diventava sempre più duro.

La notte prima era riuscita a rilassarsi davanti alla televisione, ma non mi era certo sfuggito il suo turbamento, il suo atteggiamento più distaccato. Alla fine era lì tra le mie braccia soltanto perché si era addormentata sul divano. Stava dormendo profondamente, rannicchiata contro di me e la testa poggiata sulla mia spalla.

L'avevo quindi presa in braccio per riportarla a letto. Dopo averle tolto i jeans mi ero infilato sotto le lenzuola, giurando che non ero rimasto lì per fare sesso. Sebbene la notte prima le mie intenzioni non fossero altro che pure, quella mattina non potevo dire la stessa cosa. Il suo corpo premuto contro il mio era una tentazione troppo grande, il suo profumo muschiato mi stava facendo impazzire.

Con il suo fondoschiena sinuoso premuto contro l'erezione era come se quei due strati di cotone a separarci non ci fossero neanche. Continuai a stuzzicarle i capezzoli, finché non si mosse con un gemito delicato. Ormai avevo raggiunto il limite. Avevo bisogno di lei. Con l'altra mano le spostai i capelli dalla guancia e le tempestai la curva del collo di baci.

Spostò le gambe e fece per girarsi verso di me. Non volevo svegliarla, sapendo che si sarebbe persa subito nella sua mente. Ma decisi di concentrarmi soltanto sulle sensazioni che mi faceva provare. Aveva un sapore buonissimo, dolce e salato al tempo stesso. Le pizzicai delicatamente un capezzolo, soffocando un grugnito soddisfatto quando si inarcò verso il mio tocco.

"Ward," mormorò, la voce roca dal sonno.

"Mmh?"

Le strinsi di nuovo il bocciolo, strappandole un altro gemito. Si voltò completamente verso di me e aprì gli occhi, offuscati dal sonno ma già ardenti di desiderio. Si schiarì la gola e fece per aprire la bocca, ma si leccò le labbra. Magari voleva dire qualcosa, ma optò per non farlo. Mi portò una mano sul viso, accarezzandomi la mascella con il pollice.

Lasciandomi guidare dai miei impulsi, la misi supina muovendomi sopra di lei, catturando subito le sue labbra con le mie. Cazzo. Avrei potuto baciarla per giorni interi. Il bacio si fece più passionale, disperato, mentre le lingue iniziavano a duellare.

Le sollevai la maglietta e staccai le labbra dalle sue giusto il tempo di spogliarla. La sua pelle era così morbida, così calda. Lasciai la sua bocca per tracciare un'ardente scia di baci lungo il collo e giù nel solco tra i seni. Li presi entrambi in mano e iniziai a leccarli, gustandomi i suoi gemiti soffocati e il modo in cui si contorceva sotto di me.

Scesi ancora più in basso, tempestandole il ventre di baci delicati. La mia bocca sapeva benissimo dove andare. Ma Susannah si sollevò sui gomiti, spingendomi via. Ogni tanto dimenticavo quanto fosse forte. E soprattutto quanto fosse rapida. In mezzo secondo mi buttò sul letto, mettendosi a cavalcioni sopra di me.

La guardai, la gola secca e il cuore che mi martellava con forza nel petto. Quella donna era un vero spettacolo. I raggi del sole si riflettevano sul biondo ramato dei suoi capelli, creando sfumature dorate. Il seno pieno e sodo con i capezzoli turgidi e umidi. La pelle era punteggiata di lentiggini qua e là e le amavo da impazzire. Ogni singolo puntino. Formavano come delle piccole costellazioni tutte sue e morivo dalla voglia di esplorare con le labbra ogni centimetro del suo corpo, ogni lentiggine.

Inarcò il bacino verso il mio, creando una leggera frizione con le mutande. L'erezione pulsava di desiderio. Le afferrai i fianchi, ma mi scacciò le mani e si spinse indietro, afferrando l'elastico dei miei slip. Mi cosparse il petto e l'addome di baci e i miei muscoli fremevano sotto il tocco delicato delle sue labbra. Poco dopo mi abbassò le mutande, liberando finalmente il membro.

Le lanciai via e mi buttai sui cuscini. Sistemandomeli dietro la testa, guardai Susannah. I capelli arruffati le incorniciavano il viso e aveva le labbra gonfie per tutti quei baci. I suoi grandi occhi azzurri incrociarono i miei, tempestosi. Un sorrisetto le incurvò le labbra e con la lingua catturò le prime gocce d'eccitazione scivolate sull'asta.

Era così sexy da togliermi il fiato. Un'altra ondata di desiderio mi travolse, un'altra goccia schizzò fuori. Fece roteare la lingua sulla punta, senza distogliere mai lo sguardo. Mi stava facendo letteralmente impazzire. Prese i testicoli in mano e passò la lingua sulla lunghezza. Volevo guardarla, godermi quell'eterea visione, ma quando lo prese in bocca persi completamente le forze e con un grugnito gettai la testa sui cuscini. Continuava a torturarmi con la lingua e massaggiarmi vigorosamente, succhiandomelo come mai nessuna aveva fatto prima di allora.

L'orgasmo era fin troppo vicino, il piacere quasi insopportabile. "Zanna... Voglio possederti. Subito," grugnii.

"Davvero?"

Sollevai a fatica la testa e incrociai i suoi occhi, offuscati dal desiderio e con un luccichio malizioso. Come se sapesse benissimo di avermi in pugno. Quando annuii, carezzò un'ultima volta l'asta con la lingua e si sfilò le mutandine per cavalcarmi.

Bagnata fradicia, prese a strofinarsi con vigore sopra il membro, portandomi quasi all'apice. La strinsi per i fianchi, fermandola.

"Dentro," dissi, in tono autoritario.

Con gli occhi ini fiamme, si sollevò e prese la base dell'erezione in mano. Ci scivolò lentamente sopra e restare fermo fu quasi una sofferenza. La punta era già nel canale caldo e pulsante, che mi chiamava. Susannah mi guardò dritto negli occhi e si abbassò completamente, prendendolo tutto dentro.

Rimase ferma immobile per qualche secondo, poi iniziò a muovere lentamente i fianchi. Vederla sopra di me era una tortura. Il seno che rimbalzava a ogni movimento, i capezzoli duri e umidi, il ventre morbido che aveva iniziato a crescere e il sedere tondo tra le mie mani.

Santo cielo, solo guardarla bastava a farmi venire. Iniziai a massaggiarle il clitoride e un grugnito di piacere mi sfuggì dalle labbra quando lanciò un urlo e iniziò a tremare attorno al mio cazzo. Quando la sentii gridare il mio nome mi lasciai completamente andare e l'orgasmo mi travolse.

Susannah crollò sopra di me, posando la testa nella curva del collo. Il suo respiro caldo mi solleticava la pelle e la strinsi forte. Avrei volentieri passato il resto dei miei giorni lì così, dentro di lei, temporaneamente appagato.

Ma quando riprese fiato, si sollevò reggendosi sul mio petto. Aprii gli occhi e trovai i suoi rivolti verso la finestra. Me la mangiai con gli occhi. Era deliziosa, con la pelle arrossata e sudata, i capelli un groviglio sulle spalle. Mi si strinse forte il cuore. Non sapevo come gestire i sentimenti che quella donna suscitava in me. Era tutto troppo confuso.

Ogni volta che pensavo a lei, una vocina nella mia testa diceva *avremo un bambino insieme*. Volevo capire i miei sentimenti, ma non sapevo come separarli. Una cosa era certa, non la desideravo soltanto perché era incinta. Indipendentemente dalla gravidanza, non sarei mai riuscito a lasciarla andare.

Voltò la testa e notò che la stavo fissando. Un lampo le attraversò gli occhi, ma scosse leggermente la testa. "Andiamo a farci la doccia."

Capitolo Ventitré

SUSANNAH

"Quando ti ha fissato il prossimo appuntamento?"

Stavo versando dell'acqua calda in una tazza, ma la rovesciai sul bancone per lo shock.

"Merda," mormorai, prendendo subito una spugna dal lavello per asciugare.

Ne approfittai per riprendere almeno un briciolo di controllo. Svegliarmi di nuovo accanto a Ward non faceva parte dei miei piani. La notte prima avevo capito che per andare avanti dovevo comportarmi come un'adulta, non una ragazzina ninfomane. Ma ancora non mi era chiaro perché avessi così tanta voglia di sesso. Colpa degli ormoni o di Ward? Essendo la mia prima gravidanza, purtroppo non avevo alcun metro di paragone. Ma a essere onesta, l'attrazione che provavo nei suoi confronti raggiungeva livelli altissimi e assolutamente nuovi.

Il desiderio mi stava consumando ed ero incinta. La prossima volta ne avrei parlato con la dottoressa Jenkins. Invece no. Come avrei fatto? Sarebbe stato troppo imbarazzante. Cosa le avrei detto? *È normale che le donne incinte scopino come conigli?*

Quella donna mi avrebbe risposto tranquillamente, imperturbabile come sempre, ma sarebbe stato comunque troppo mortificante. Ritornai alla domanda di Ward. Avevo lasciato la scelta a lui, non volevo farmi illusioni. Avrei preferito non menzionasse la visita, ma cambiare argomento sarebbe stato peggio.

Nonostante fossi andata a dormire con le migliori intenzioni, quella mattina non ero riuscita a resistergli perché... beh, perché no. Non sarei riuscita a fermarmi neanche se fosse scoppiato un incendio in casa. Anche se poi l'incendio l'avevamo creato noi sotto le lenzuola.

Finito di ripulire il bancone, sciacquai la spugna nel lavello e mi asciugai le mani, pronta ad affrontare la discussione. Preparai la tazza di tè, ancora scossa dalla sua domanda. Aveva fatto la sua mossa, accettato il mio invito. E, ovviamente, voleva sapere quando sarebbe stato il prossimo appuntamento.

Mi voltai verso di lui, sorseggiando il tè. Un buon caffè mi avrebbe aiutata davvero molto in un momento così stressante. Ma dovevo accontentarmi del tè. "Aspetta un attimo che controllo," riuscii a dire in tono molto più calmo del previsto, nonostante lo scombussolamento interiore.

Andai a portargli la tazza di caffè che gli avevo versato prima dell'incidente con l'acqua. Poi presi il bigliettino degli appuntamenti dalla borsetta e lo guardai, senza riuscire a decifrare la sua espressione.

Ma perché non la smetti di analizzare ogni minima cosa che fa? Vuoi fare la figura della squilibrata?

Misi a tacere quella fastidiosa vocina e passai il foglio a Ward. Con mia immensa sorpresa lo vidi tirare fuori il telefono e aprire il calendario per segnare le tre visite fissate.

Bevvi un sorso di tè e poi un altro, cercando di

darmi un minimo di contegno. Non sapevo neanche cosa dire. Era una situazione assolutamente assurda.

Era iniziato tutto con un'avventura di una notte, già diversa dalla prima perché sapevamo che poi avremmo iniziato a lavorare insieme. Ma poi ero rimasta incinta e a quella singola notte ne erano seguite altre. Mi sembrava di aver capito che Ward volesse essere coinvolto nella vita del bambino. La nostra avrebbe dovuto essere una di quelle relazioni senza impegni, senza obblighi. Però il bambino aveva cambiato tutte le carte in tavola. Non potevo comunque permettermi di avvicinarmi emotivamente a lui.

"Significa che vuoi venire?" gli chiesi.

Mi ripassò il foglio, che guardai intensamente, come aspettandomi delle risposte. Un altro sorso di tè e con il piede avvicinai uno sgabello per sedermi.

Ward mi guardava con aria pensierosa. Avevo lo stomaco in subbuglio, come se dovessi vomitare. Oh, merda. Dovevo vomitare davvero. Mi fiondai in bagno, raggiungendo il water appena in tempo.

Svuotai lo stomaco e sentii le mani di Ward che mi spostavano i capelli dietro la nuca. Probabilmente non c'era niente di più umiliante di vomitare nella tazza del cesso davanti all'uomo più sexy che avessi mai conosciuto.

Ward rimase impassibile. Mi aiutò e mi offrì un asciugamano umido. Dopo essermi rinfrescata il viso e aver risciacquato la bocca con del collutorio tornai in cucina.

"Nausea mattutina?" domandò.

Mi sentivo un'idiota. Non era la prima volta che mi sentivo un po' strana, ma non avevo ancora sentito il bisogno di vomitare. "Immagino di sì," dissi, con una risata timida.

Un sorriso gli arricciò gli angoli degli occhi. Cristo, quanto amavo vederlo sorridere. Era un uomo molto serio di natura. Alto, cupo, tenebroso, ma quando sorrideva illuminava la stanza.

"Non sono riuscito a rispondere alla tua domanda. Se per te non è un problema, verrei volentieri a tutti gli appuntamenti," disse, pacato.

Nonostante la gravidanza avesse preso alla sprovvista entrambi, era comunque disposto ad accompagnarmi alle visite. Oh, maledizione.

Lo guardai, con mille pensieri per la mente. Una parte di me era entusiasta, mentre l'altra trovava fosse una situazione assurda. E tra le due c'era un'altra parte seccata con quel lato così felice. Una battaglia interiore che non sapevo come controllare. Quando non dissi nulla, il suo sorriso si spense.

"Pensavo volessi la mia presenza, visto che sei stata tu a chiedermelo."

Iniziai ad annuire come una matta. "Infatti è così! Però non pensavo avresti accettato. Certo che puoi venire, se vuoi."

Si strinse nelle spalle. "Voglio venire."

C'erano così tante altre cose che avrei dovuto dire, magari per alzare qualche paletto. Ma dovetti correre di nuovo in bagno a vomitare.

Capitolo Ventiquattro

SUSANNAH

Qualche giorno dopo ero al Firehouse ad aspettare Lucy, con un tè e un dolce ai mirtilli in mano. La dottoressa mi aveva consigliato di assumere meno caffeina possibile, ma non immaginavo sarebbe stato così difficile.

Lucy era una delle tante amiche con cui ogni tanto uscivo a mangiare un boccone. Quel giorno avevo bisogno di un consiglio e lei era senza dubbio la persona più adatta a cui chiedere.

Pochi minuti dopo risuonarono le campanelle sopra la porta e Lucy entrò nel locale. Era bellissima, come una fatina. Pelle chiara, bionda e meravigliosa. Non che si curasse mai del suo aspetto fisico. Lavorava per un'impresa edile e si vestiva di conseguenza. Quel giorno indossava una salopette sopra una maglietta attillata. I capelli biondi erano raccolti sotto un berretto da baseball e a completare il look aveva una macchia di terra sulla guancia.

Ordinò il caffè e mi raggiunse. Dopo essersi seduta davanti a me, mi guardò con un sorriso raggiante.

"Ehi, ciao! Da poco io e Amelia stavamo proprio

dicendo che non ti vedevamo da un paio di settimane. Ti sei persa la serata tra donne."

"Lo so, avevo un addestramento. Ce n'è un'altra la settimana prossima, giusto?"

Annuì e le sorrisi. "Allora ci sono, promesso. Beh, come va?"

"Il solito," rispose con un sorriso. "Stiamo lavorando al garage del padre di Levi e ora Levi vuole aggiungere una terza camera da letto a casa nostra."

"Come mai?" domandai.

Sospirò, arrossendo. "Stiamo pensando di allargare la famiglia."

"Perfetto. Se volete figli, pensateci subito. Non ha senso aspettare."

Lucy alzò gli occhi al cielo. "Sì, certo. La fai facile tu."

Inclinai la testa di lato. "In che senso?"

"Perché tu sai sempre cosa fare della tua vita," spiegò. "Io ci ho messo secoli anche solo per ammettere a me stessa che ero innamorata di Levi e adesso vuole già portare la relazione allo step successivo. Ho avuto un'infanzia terribile. E se non fossi adatta a fare la madre?"

Le posai una mano sulla sua, per confortarla. "Andrà tutto bene. Nella vita non ci sono garanzie, ma tu e Levi siete una bellissima coppia, vedrai che sarete degli ottimi genitori."

Lucy sospirò di nuovo. "Va bene. Lascia che mi deprima per un po' e poi prometto che mi riprendo, ok? Tu invece che mi dici?"

Neanche poteva immaginarselo che volevo parlarle proprio della stessa cosa. Ma dovevo ancora trovare il coraggio di dirle la verità. Bevvi un altro sorso di tè che, ahimè, non dava la stessa carica di un buon caffè.

"Beh, vado dritta al punto. Parlando di bambini, sono incinta."

Lucy sputò il caffè che aveva in bocca. Le passai un tovagliolo, il viso in fiamme, ma continuai comunque. "Fidati, la notizia ha sconvolto anche me."

"Come? Quando? Oh, mio Dio. Che sta succedendo? Mi sembra di essere appena caduta dalle nuvole. Mi sono persa qualcosa? Da quand'è che hai il ragazzo?"

Mi strinsi nelle spalle. "Ricordi quel tipo di cui ti avevo parlato? Ward?"

Sbarrò gli occhi. "Oh, certo. Quello che ti sei fatta prima di tornare qui. Ricordo che avevate un rapporto particolare."

"Esatto, proprio lui. Il nostro rapporto si è evoluto in qualcosa di più. È passato in città qualche tempo fa prima di tornare dalla madre malata. E, beh..."

Feci una pausa e mi passai le mani sul viso, intrecciando le dita ai capelli. Dirlo a voce alta rese tutto più reale, mettendo in luce quanto assurda fosse la situazione. Appoggiai il mento sulle mani e la guardai. Aveva l'aria sconvolta, ma stava aspettando pazientemente che continuassi il discorso. "Prima che partisse abbiamo deciso di passare un'altra notte insieme, convinti di mettere un gran bel punto finale alla storia, no?"

Da brava amica, annuì.

"Beh, anche se abbiamo usato le protezioni sono, ehm, rimasta incinta."

"Ma non è successo più di un mese fa?" domandò.

"Ehm, più di sei settimane, per l'esattezza. Come fai a sapere quando è stato qui?"

Lucy alzò gli occhi al cielo. "In caso te lo fossi dimenticata, sono sposata con un hotshot. Levi mi aveva detto che il nuovo caposquadra sarebbe entrato in carica con un mese di ritardo. Quindi è successo sei settimane fa e non ce l'hai mai detto?"

"Mi dispiace, Lucy. Non..."

Mi interruppe. "Ehi, tranquilla, non mi devi proprio nulla. Scusami. A volte mi faccio prendere troppo dallo spirito di Willow Brook," dichiarò, con un sorrisetto ironico. "Sono riservata quanto te, ma l'ansia ha preso il sopravvento e..."

Lì la interruppi io. "Ti capisco. Davvero. Ve ne avrei anche parlato, ma pensavo fosse una cosa da nulla. Ho scoperto di essere incinta da poco e sono ancora scombussolata. Come se non bastasse, non riesco a stargli lontana. Ed è un problema bello grosso. Ha pure accettato di accompagnarmi dalla dottoressa," dissi, con un gemito disperato.

Lucy allungò il braccio e mi prese la mano. "Ehi, calmati. Ho capito. Stai dando di matto. Respira, Susannah, respira."

"Ok, ok," dissi, annuendo vigorosamente. Mi costrinsi a prendere una pausa per respirare. "Non so che accidenti fare."

"Iniziamo dal principio. Allora, mi sembra che tu voglia tenere il bambino, vero?"

"Sì. Sì, è così. Non mi aspettavo una svolta simile e so che forse è una pazzia, ma lo voglio. Non riesco neanche a immaginare un'alternativa. So che è assurdo perché la relazione con Ward è complicata. Ma sa che sono incinta e l'ha accettato sin da subito. Il fatto è..." Mi fermai, senza più riuscire a continuare. Lacrime calde mi bruciavano gli occhi. Provai a inspirare profondamente, ma era come se non riuscissi a riempirmi i polmoni.

Lucy mi passò un tovagliolo e mi guardò affettuosamente. "Respira. Va tutto bene. Calmati. Fai un passo alla volta, altrimenti non ne esci viva."

Lucy riuscì a rassicurarmi, spingendomi a raccontarle per filo e per segno quello che era successo tra me e Ward. Non mi vergognavo di parlarne, ma decisi comunque di non riferirle proprio *tutti* i dettagli. Mica potevo dirle che passavamo ore e ore a fare sesso selvaggio. Però avevo ammesso senza problemi che non riuscivo a staccargli le mani di dosso. In fondo su quello non sarei mai riuscita a mentire.

Dopo aver ascoltato la mia storia incasinata mi strinse di nuovo la mano e, guardandomi negli occhi, disse, "Devi capire cos'è che vuoi veramente."

"Ma che razza di consiglio sarebbe?"

Il suo sguardo non vacillò. "Il *mio* consiglio. A quanto pare per il momento da lui vuoi solo sesso, non stai cercando un rapporto serio. D'accordo. Ma un bambino è un impegno *molto* serio. E da quello che dici sembra che Ward voglia essere coinvolto. Significa che è un brav'uomo. Avrebbe potuto benissimo mandarti a fare in culo. Se non vuoi che la vostra relazione si evolva, allora devi metterlo bene in chiaro. Ma non puoi continuare a fuggire. La situazione è troppo seria. Sei incinta! Ma sappi che io sono sempre qui per te. Così come Amelia e Maisie. Sai che i tuoi genitori smuoverebbero mari e monti per aiutarti. Non sei da sola."

Sorseggiai il mio triste tè e feci un respiro profondo. "D'accordo. Devo fargli capire che tra di noi non può esserci nulla," mormorai.

Lucy annuì e le brillarono gli occhi. "Beh, quand'è che ce lo presenti?"

Capitolo Venticinque

WARD

Gettai l'attrezzatura nell'armadietto e, preso un asciugamano, andai a farmi una doccia. Avevamo passato il pomeriggio a spegnere un incendio boschivo. Stavo riuscendo ad ambientarmi piuttosto bene nel mio ruolo e con la squadra. Eliminato Chad dai giochi, filava tutto liscio.

L'unico problema era l'assenza di Susannah, che aveva richiesto un periodo di pausa dai lavori più pesanti. Anche la caserma di Willow Brook, come molte altre, offriva mansioni più leggere al personale. Per non passare troppo tempo a rigirarsi i pollici, avrebbe lavorato pure per la stazione di polizia adiacente.

Rex l'aveva capito subito che c'era qualcosa sotto, ma grazie al cielo si era fatto gli affari suoi. Però ovviamente i compagni di Susannah erano preoccupati per lei. Aveva deciso di non divulgare troppi dettagli, ma Harlow sapeva della gravidanza e prima o poi non avrebbe più potuto nasconderlo. Il momento di guardare in faccia la realtà era prossimo, quindi non potevamo più rimandare la nostra conversazione.

Con le mani contro le piastrelle fredde della doccia, mi abbandonai sotto il getto d'acqua bollente. Dopo diversi sforzi eravamo riusciti a contenere l'incendio boschivo, finché poi la squadra di Cade non ci aveva dato il cambio. Willow Brook era il posto perfetto per conoscere meglio la mia squadra. Di solito gli hotshot si occupavano solo dei grandi incendi nelle zone sperdute dello stato, ma per fortuna la nostra caserma lavorava anche in loco.

Non riuscivo a smettere di pensare a Susannah, al nostro rapporto e alla surreale ma al tempo stesso fin troppo reale verità che sarei diventato padre. Provare a pensare ad altro era inutile. Dopo essermi insaponato mi risciacquai sotto l'acqua calda, pensando a quanto sarebbe stato tutto più semplice se fossi riuscito a buttare giù quel muro che si era costruita attorno. Per quanto fossi confuso, ormai non potevo più negare quanto fosse diventata importante per me. Ma lei continuava a tagliarmi fuori.

Susannah riusciva sempre a farmi sentire al settimo cielo. Santo cielo, il sesso con lei era... Fuori. Da. Questo. Mondo. Amavo addormentarmi al suo fianco e risvegliarmi con lei. Finché i nostri corpi erano un tutt'uno, abbassava le sue difese. Ma finito quel momento le rialzava subito e riuscivo quasi a vedere le rotelle girare nella sua testa.

Con un sospiro, chiusi l'acqua e superai gli altri ragazzi ancora sotto la doccia. Non ero un uomo di molte parole, ma avevo un disperato bisogno di aiuto. Dopo essermi vestito, presi una tazza di caffè e andai a cercare Beck nel suo ufficio.

Bussai alla porta e sollevò lo sguardo. "Hai un minuto?" gli chiesi.

Beck raddrizzò la schiena, seduto a un tavolino rotondo. "Certo," disse, invitandomi a entrare.

Mi chiusi la porta alle spalle con il tacco dello scarpone. Mi lanciò un'occhiata. "Oh, quindi è roba seria?"

Dato che Beck amava fare lo spiritoso, agitò le sopracciglia in modo allusivo. Mi strinsi nelle spalle e superai la sua scrivania, dove non l'avevo mai visto sedersi. Infatti era completamente spoglia, con sopra soltanto il telefono. Il portatile lo teneva sul tavolino, dove lo raggiunsi.

"Ti offrirei del caffè, ma ce l'hai già. Che succede?" domandò.

Feci un bel respiro profondo e bevvi un sorso di caffè per prendere coraggio. "Avrei una domanda da farti."

"Sputa il rospo."

"Susannah è incinta, ricordi?"

"Come potrei mai dimenticare una notizia del genere?" replicò con una risata. "Ho visto che ha smesso di lavorare sul campo. Ne stanno parlando praticamente tutti, qui in caserma. Li avrai sentiti anche tu, no?"

Annuii. "Certo. Ma sta a lei decidere quando rivelare la situazione. Avrei bisogno di un consiglio. Ah, sappi che detesto chiedere consigli. Non è nel mio stile."

Beck sfoderò uno dei suoi soliti sorrisetti. "Mi conosci. Sai che amo dare consigli. Non garantisco niente, però."

"Beh, direi che sei la persona più adatta a cui chiedere, visto che hai appena avuto un bambino."

Il ghigno si trasformò subito in un sorriso pieno di orgoglio. "Proprio così. Max è un bimbo meraviglioso. Non potevo desiderare di meglio nella vita. Però ammetto che essere genitore fa paura. Davvero tanta paura," disse, in tutta onestà.

Non riuscii a trattenere una risata. "Dici?"

Mi guardò con aria seria. Chiuse il portatile e appoggiò i gomiti sul tavolo. "Chiedimi pure tutto quello che vuoi."

Gli lanciai un'occhiata, passandomi la mano tra i capelli bagnati. "Cazzo, non so neanche cos'è che dovrei chiederti. Immagino qualche consiglio su come gestire questa situazione. Susannah..." Mi fermai perché non sapevo proprio come spiegargli il problema. Mi ci buttai comunque. "Per riassumere, dentro di me so che quello che c'è tra di noi è reale, indipendentemente dal bambino. Ma cerca sempre di evitarmi il più possibile, tranne quando, beh, tranne quando facciamo sesso. Non so come... Cazzo. Non so cosa fare per farle aprire gli occhi."

Beck rimase in silenzio per un momento, l'aria pensierosa. "Allora, diciamo che il vostro caso è molto diverso dal nostro. Io e Maisie siamo sposati. Prima di tutto dovete capire cosa c'è tra di voi. Non ti sto dicendo che dovete per forza sposarvi. No, quello non è altro che un pezzo di carta. Cosa sei, un semplice donatore di sperma? Un padre? Un compagno di vita?"

Le tre domande di Beck erano proprio quelle che ormai da giorni mi frullavano per la testa. Incrociando il suo sguardo, bevvi un sorso di caffè e sospirai. "Beh, di sicuro non sono un donatore di sperma. Di certo non mi aspettavo questo bambino, ma voglio essere suo padre. Non potrei mai abbandonarlo. Susannah, beh... È difficile dirlo a voce alta, ma la amo. Però il problema è che ogni volta che proviamo a parlare di noi riesce a cambiare argomento. È un miracolo che mi abbia chiesto di accompagnarla dalla dottoressa, ma dal suo sguardo sembrava incerta pure su quello."

"Beh, se la ami devi dirglielo."

"Ah, allora basta quello e poi sarà tutto rose e fiori, eh?" ironizzai.

Beck sfoderò un altro dei suoi sorrisi. "Devi parlarle. Il prima possibile. Anche se farei qualsiasi cosa per Maisie e lo sa benissimo, durante la gravidanza era particolarmente lunatica. E lo è tuttora. Max ha quasi tre mesi e solo l'altro giorno ha detto che sta quasi iniziando a sentirsi di nuovo se stessa. Il peggio sembra essere passato. Parole sue, non mie."

Beck mi guardò a lungo prima di continuare. "Senti, nemmeno io so cosa può volere Susannah. Avere un bambino è un passo molto importante. Io ho dovuto faticare per farmi prendere sul serio da Maisie. Vedrai che ce la farai," concluse, con una risata.

Lo fissai e annuii, ma un rumore assordante mi rimbombava nella testa. Era come se una forte corrente mi stesse trascinando al largo e nuotare con tutte le mie forze fosse l'unica via di scampo. Nonostante il turbamento interiore, riuscii a rimanere quasi impassibile e lo ringraziai.

Lasciai il suo ufficio ancora più incerto di prima. Con Susannah stavo camminando sul filo del rasoio. Il mio istinto voleva obbligarla a guardare in faccia la realtà, a farle ammettere che era mia. Ma quella donna era troppo indipendente. Dentro di me sapevo che in quel caso non avrebbe esitato a spingermi via. Solo il pensiero mi strinse il cuore e l'emozione mi soffocò la gola, una morsa dolorosa.

Non avevo mai provato prima un tale istinto di possessività. Ma pensare a Susannah con un altro uomo?

No. Non potevo permetterlo.

Capitolo Ventisei

SUSANNAH

Dopo una corsa sotto la pioggia aprii la porta del supermercato con il gomito, fiondandomi dentro. Mi tolsi il cappuccio e presi un carrello, iniziando a fare la spesa. Senza niente con cui distrarmi, Ward e il bambino si intrufolarono di nuovo nella mia mente.

Quel mattino avevo sviluppato una nuova ossessione: il sesso del bambino e come scegliere un nome. O, e se includere Ward nel processo decisionale. Dovevo anche trovare il modo per dare la notizia ai miei genitori. Erano persone meravigliose che mi avevano sempre sostenuta, raccogliendomi sempre dopo ogni sbaglio. Ero sicurissima che avrebbero preso molto bene la notizia, ma che li avrebbe senz'altro lasciati di stucco.

Ero una donna ragionevolmente responsabile. Mica volevo stare lì a raccontare in giro quanto mi aveva fatta godere Ward quella notte. Certo, ero molto legata ai miei genitori, ma quell'argomento era off-limits. Ovviamente ricominciai a pensare a Ward.

Maledizione, ma non riesci a pensare a qualcun altro?

No, a quanto pare no.

Altro dubbio: quando e come presentare Ward ai miei genitori. E cosa avrei dovuto dire? Che era il mio compagno? Che era stato un incidente? Cazzo. Stavo perdendo completamente la testa.

Lucy aveva ragione. Dovevo parlargli e mettere le cose in chiaro una volta per tutte.

Svoltai alla fine di una corsia e sollevai lo sguardo quando sentii il mio nome. Vidi Chad Meyer davanti alle birre, appena prima dello scaffale delle uova. I supermercati erano proprio organizzati senza la minima logica. Ma il problema non era quello. L'ultima persona che avrei voluto mai vedere era proprio Chad, sicuramente non in un momento già così incasinato. Argh.

Indipendentemente dai nostri problemi personali, Ward si era dimostrato subito un caposquadra capace. La decisione di licenziare Chad era stata accolta con sollievo da tutti.

Ward era stato molto furbo a coinvolgere anche Beck e Cade. Ovviamente non ne aveva discusso con me, ma non che me l'aspettassi. In caserma Beck e Cade erano rispettati da tutti. Erano cresciuti a Willow Brook, proprio come me, quindi molti li conoscevano praticamente da una vita.

Ma in quel momento avrei volentieri evitato di incrociare per caso Chad. Per un periodo quel verme fastidioso mi aveva fatto il filo. Una volta Rex Masters e Al, il precedente caposquadra, mi avevano presa in disparte per parlarmi. Pareva che avessero notato il suo atteggiamento molesto nei miei confronti e si fossero preoccupati.

In realtà andava tutto bene e mi ero perfino arrabbiata perché pensavo mi stessero sottovalutando. Ma ripensandoci volevano solo assicurarmi che per qualsiasi vero problema avrei potuto contare su di loro.

Dopo l'ennesimo rifiuto ero riuscita a farlo demordere, ma non aveva mai smesso di provarci. Mi dava l'idea di essere uno di quegli uomini che vedevano tutto come una sfida. Per lui un rifiuto non diventava altro che una sfida da vincere.

Incrociai i suoi occhi marroni, in cui balenava sempre un accenno di rabbia, e mi stampai un sorriso sulle labbra, senza fermarmi. "Ciao, Chad," dissi brevemente, superandolo.

Nel giro di qualche secondo, afferrò con forza il carrello per fermarmi e ci finii contro. Per fortuna non stavo correndo, ma presi comunque una botta al ventre, che avvolsi istintivamente con il braccio.

Gli lanciai un'occhiata velenosa. "Sono qui per fare la spesa, Chad. Non per socializzare."

Mi rivolse un sorriso, che però non raggiunse i suoi occhi. "Che ne dici di uscire a cena con me?" mi domandò.

"No." Provai a fargli mollare la presa, ma strinse ancora più forte.

"Adesso non lavoriamo più insieme. Non puoi più usare quella scusa," disse piattamente.

"Per l'ennesima volta, non voglio cenare con te, né pranzare, né fare colazione insieme, né nulla di nulla. Non sono interessata," replicai fermamente, infischiandomene dell'educazione.

Furiosa, tirai un pugno alle sue nocche, ma strinse ancora la presa, un sorriso truce sulle labbra.

"Lasciami andare, Chad."

Stavo per dire qualcos'altro quando percepii la presenza di Ward alle mie spalle, senza neanche vederlo. Un'ondata di sollievo mi travolse. Non che avessi paura di Chad, ma era uno stronzo che pensava di poter fare tutto il cazzo che voleva. Non amavo sentirmi una damigella in pericolo, ma in quel momento non avrei potuto chiedere di meglio. Ward era molto più grosso, alto e forte di Chad.

Si fermò al mio fianco e mi lanciò un'occhiata prima di rivolgersi a Chad. "Ti ha detto di lasciarla andare," disse, con voce profonda e minacciosa.

Visto che ormai lo conoscevo piuttosto bene, riuscivo a percepire la sua rabbia. Gli fumavano quasi le orecchie.

Chad, da vero idiota, non lasciò comunque andare il carrello e gli rivolse un sorrisetto derisorio. "Altrimenti che cazzo pensi di fare? Non sei più il mio capo. O l'hai dimenticato?"

Ward lo fulminò con lo sguardo. Allungò la mano e afferrò Chad, le dita strette sul braccio come una morsa. "Non ho dimenticato proprio nulla. Anzi, è una fortuna che non sia più il tuo capo. Posso fare quel cazzo che voglio. Leva quelle tue manacce dal suo carrello e lasciala in pace."

Un lampo di dolore attraversò il viso di Chad. Con le guance arrossate, imprecò e mollò la presa.

"Fottiti. Fottetevi. Anzi, perché non ti fotti lei? Tanto so che vuoi fartela," disse Chad, guardandolo con occhi colmi di rabbia.

Per un attimo temetti che Ward l'avrebbe preso a pugni nel bel mezzo del supermercato. Ma quell'uomo aveva un forte autocontrollo. Stringendo i denti, replicò con calma, "Sta' alla larga da lei. Vattene."

Per fortuna in quel momento arrivò una signora con tre bambini al seguito. Chad colse l'occasione per tagliare la corda. Ward lo seguì con lo sguardo, girandosi verso di me solo quando sparì dietro l'angolo. Mi guardò dalla testa ai piedi, con aria preoccupata. Vederlo così turbato mi fece battere forte il cuore e un senso di calore mi scaldò il petto.

"Stai bene?" mi chiese.

"Certo. Stava solo rompendo i coglioni. Come sempre. Ancora non te l'ho detto, ma sappi che la squadra è davvero felice che tu l'abbia licenziato."

Ward annuì, lo sguardo fisso nel mio. "Ti ha chiesto di uscire?"

La sua domanda mi prese alla sprovvista. Mi strinsi nelle spalle; in fondo non era mica un segreto che l'anno prima ci avesse provato con me. "Sì. Mi è andato dietro per un annetto. Pensava l'avessi rifiutato perché lavoravamo insieme, anche se non facevo che ripetergli di non essere interessata."

Il grigio dei suoi occhi si incupì, più del cielo tempestoso. Arrivò un'altra famiglia e un bambino ci corse accanto urlando, "Caramelle!"

Ward afferrò il manico del carrello. "Finiamo di fare la spesa."

Non era certo il momento adatto per mettersi a discutere, ma non riuscii a tenere a freno la lingua. "Finiamo? Mettiamo bene in chiaro una cosa. Sono venuta a fare la spesa. Da sola. E posso benissimo finirla da sola."

Mi guardò, imperturbabile. "Adesso sono qui," replicò.

"E cosa vorrebbe dire?"

La mia domanda lo fece vacillare. Mi guardò duramente e, dopo un po', rispose, "Non spingermi via anche per una cosa così banale. Voglio solo aiutarti a fare la spesa."

Avrei voluto insistere, ma una pesante stanchezza mi colpì. Ero troppo scombussolata per stare lì a pensarci. Volevo solo finire gli acquisti e tornare a casa.

Capitolo Ventisette

WARD

Mi ero fiondato nel supermercato quando avevo visto l'auto di Susannah nel parcheggio. Le mie mani sul volante si erano mosse da sole; non potevo resistere alla tentazione di vederla.

In quel momento stavo caricando le buste della spesa nel bagagliaio, furioso. Ma non ce l'avevo con lei. No, con Chad e me stesso. Quando l'avevo visto davanti a lei avevo perso la testa e avevo dovuto fare appello a tutto il mio autocontrollo per non prenderlo a pugni.

Ero furioso con me stesso perché quando si trattava di Susannah non riuscivo mai a controllarmi. Sapevo benissimo che non era minimamente interessata a Chad, ma ero comunque geloso. Io. Geloso!

Porca troia, non ero mai stato geloso in vita mia. Oh, chissà quante volte mi era capitato di vedere uomini che ci provavano con le mie amiche o le donne che frequentavo. La mia reazione era sempre stata la stessa. Un semplice "Levati", senza alcuna minaccia dietro.

Ma con Susannah? Oh, fu totalmente diverso. Mi salì l'istinto omicida. Nessuno doveva permettersi di toccarla, perché era...

Mia.

Avevo intenzione di riaccompagnarla a casa e aiutarla con la spesa. Riuscivo a percepire la sua insicurezza, i suoi dubbi, mentre io invece sapevo benissimo cosa volevo. Ma avrei comunque aspettato il momento giusto per fare la mia mossa, quando si fosse sentita pronta.

Ero un uomo che le donne le rispettava molto. Mai mi sarei permesso di dubitare delle loro capacità, soprattutto nel mio campo, a differenza di molti, troppi uomini. Le donne hotshot erano forti, impavide e molto più sveglie degli uomini nei momenti critici. Non avendo la forza bruta dalla loro parte, dovevano usare molto di più il cervello.

Non mi ero mai sentito in dovere di proteggere una collega donna, per me erano sullo stesso identico piano degli altri colleghi.

Ma Susannah mi aveva fatto regredire allo stato di cavernicolo. Non sopportavo nemmeno il pensiero che sollevasse il minimo peso. Non volevo si cacciasse in situazioni scomode. Accidenti, neanche che si sentisse stressata, manco un po'. Probabilmente la sua più grande fonte di stress in quel momento era la mia mera esistenza. Ma non era il caso di rimuginarci sopra.

Aveva l'aria stanca. Beh, in fondo sapevo benissimo perché la notte prima non era riuscita a dormire molto. Altro sesso. Ma quella volta era stata lei a fare la prima mossa.

Dopo aver chiuso il bagagliaio riportai il carrello davanti al supermercato. Nel frattempo cadeva una leggera pioggerellina. Tornato da lei la trovai ancora fuori dall'auto, con le braccia incrociate.

"Che stai facendo?" domandò.

Mi strinsi nelle spalle. "Vengo da te, così ti aiuto a scaricare la spesa."

Scoppiò a ridermi in faccia, scuotendo lentamente la testa. "Ce la faccio benissimo da sola, sai."

"Ce la faccio pure io," replicai, con un sorrisetto.

Rise di nuovo, le guance rosse. "E va bene. Tanto non mi dai mai retta."

Tirai un sospiro di sollievo e salii in macchina, per poi seguirla impazientemente verso casa. Dovevo convincerla a parlare seriamente della nostra situazione.

Ecco di nuovo quell'impulso possessivo. Provai a soffocarlo, ripetendomi che dovevo darle tempo. Ammirai il panorama della periferia di Willow Brook, che non mi stancava mai. Era tardo pomeriggio. Le nuvole erano basse nel cielo e si riflettevano sul lago di Swan, creando un effetto meraviglioso. Uno stormo di cigni tornati per la primavera scivolava sulla superficie. In lontananza, i monti si ergevano oltre le nuvole, con l'imponente Denali che sovrastava su tutto.

La cima era ancora ammantata di neve e così sarebbe rimasta per tutta l'estate. Entrai nel vialetto di Susannah e parcheggiai accanto a lei. Ignorando le sue proteste, portai tutte le buste dentro.

Chiusi il frigorifero e mi voltai a guardarla. Era appoggiata al bordo del bancone, le mani strette a pugno. I capelli biondo ramato erano umidi per la pioggia e aveva le guance arrossate. Maledizione. Era bellissima, cazzo. Feci un rapido calcolo a mente e realizzai che doveva essere quasi all'ottava settimana di gravidanza. Mi si strinse il petto. Conoscendo ormai il suo corpo alla perfezione, riuscivo benissimo a notare quell'accenno di rotondità del ventre.

Mai mi sarei immaginato che una donna incinta di

mio figlio mi avrebbe eccitato così tanto. La volevo da impazzire e, forse, ero davvero pazzo.

Mi avvicinai e la intrappolai tra le mie braccia. Chiusi gli occhi e mi lasciai inebriare dal suo profumo.

Capitolo Ventotto

WARD

Susannah rimase ferma immobile e la vidi irrigidirsi. Sollevai la testa e incrociai i suoi grandi occhi azzurri, le ciglia bionde che le sfioravano le guance quando sbatteva le palpebre. L'aria si caricò di tensione e di quella elettricità che vibrava tra di noi ogni volta che stavamo così vicini.

Per fortuna la sua attrazione era evidente e forte quanto la mia. Ma quello che le passava per la testa? Un mistero. Per non parlare di quello che le diceva il suo cuore. Ma il suo corpo parlava forte e chiaro. Quel desiderio carnale che ci univa era incontrollabile.

L'avevo capito subito, durante quella prima notte passata insieme di quattro anni prima. Proprio per quello mi ero lasciato andare. Era un'attrazione impossibile da ignorare, irresistibile. Stupido e arrogante com'ero, avevo pensato che sarei riuscito ad affrontarla senza lasciarmi trascinare via dalla sua forza centrifuga. Tanto dopo quella notte non ci saremmo mai più rivisti, no? E invece quanto mi sbagliavo.

La mia arroganza mi aveva gettato una seconda volta nell'occhio del ciclone. Il risultato? Ero diventato completamente schiavo del mio desiderio per Susannah. Con lei non mi sentivo mai pienamente soddisfatto. Sapevo che non sarei mai riuscito a placare quella sete. Mi scorreva come un fiume in piena nelle vene, impregnando ogni fibra del mio essere.

Sollevai la mano e le spostai alcuni riccioli dalla guancia. Amavo i suoi capelli, morbidi come la seta e assolutamente ribelli. Non era una che perdeva tempo ad acconciarseli, li lasciava fare. Probabilmente non mi sarebbe neanche piaciuto vederli troppo in ordine. Quel suo riccio selvaggio mi ricordava troppo il modo in cui si lasciava andare sotto le lenzuola.

Le spostai i riccioli dietro l'orecchio e si lasciò andare sulla mia mano, che le portai lentamente dietro la nuca. Quando eravamo così vicini, era *impossibile* non toccarla. Le accarezzai piano la curva del collo, sentendo il battito frenetico del suo cuore. Tirai un altro sospiro di sollievo, perché anche il mio cuore martellava sempre con furia ogni volta che le stavo accanto. Quell'impetuosa tempesta di desiderio aveva travolto entrambi.

"Come stai?" mormorai.

Sollevò lo sguardo, l'ombra di un sorriso sulle labbra. Con i denti prese a mordicchiarsi quel suo carnoso labbro inferiore. Porca troia. Bastò un gesto così innocente a farmelo venire duro come il marmo.

"Sto bene," rispose con una risatina. "Me l'hai chiesto un po' tardi, non trovi?"

Aveva ragione. Quando avevo visto quel coglione di Chad avevo perso completamente la ragione. Accecato dalla gelosia, mi ero perfino dimenticato di chiederle come stesse. Ma non aveva senso stare a rimuginarci sopra. Mi concentrai su di lei, sul suo corpo così vicino al mio. Con una mano le accarezzai la schiena, scendendo fino al fondoschiena rigoglioso e infilandomi senza troppe cerimonie tra le cosce. Il calore della sua eccitazione era come un richiamo.

"Me n'ero dimenticato. Stai bene? Hai ancora le nausee mattutine?"

Quando si lasciò andare il labbro provai un profondo disappunto. Assurdo, ma con lei non riuscivo a controllare le mie reazioni.

Scosse piano la testa. "No, ma ogni tanto mi sento un po' strana. Tu invece come stai?"

Con le sue curve calde e morbide premute contro di me facevo fatica a concentrarmi. Mi strinsi nelle spalle e risposi, "Bene. Solo incazzato con Chad."

Alzò gli occhi al cielo e scosse la testa, infastidita. "Posso gestirmelo da sola. E poi non è di qui, quindi si trasferirà presto. Visto che ha perso il lavoro in caserma non gli restano molte altre opzioni."

Nel frattempo aveva iniziato a sbottonarmi la camicia.

"Beh, hai finito?"

"Di fare cosa?"

"Con i convenevoli."

Il suo sguardo si fece più intenso e si inumidì le labbra con la lingua.

"Finito," risposi con un grugnito, coprendo la sua bocca con la mia e abbandonandomi finalmente al desiderio sfrenato che mi stava consumando.

Capitolo Ventinove

SUSANNAH

Un fuoco incandescente mi assalì all'istante. Ero diventata schiava del mio corpo e di quel desiderio che non potevo più negare. Avevo bisogno di Ward e probabilmente quella fame di lui non sarei mai riuscita a saziarla.

Le nostre lingue danzarono insieme con passione, un bacio selvaggio che mi lasciò quasi in ginocchio. Per fortuna il corpo di Ward mi teneva ben ferma contro il bancone. Sentivo l'erezione calda e pulsante premere contro il basso ventre. Con una mano ben salda sul fondoschiena, mi strinse a sé.

Avevo le mutandine fradice da prima ancora che arrivassimo a casa. In macchina non vedevo l'ora di giungere a destinazione e spogliarlo. A proposito. C'erano troppi, troppi strati di vestiti a separarci.

Mi staccai dal bacio e iniziai a maneggiare con i suoi bottoni. Era raro che non indossasse una maglietta, ma quel giorno aveva optato per una camicia in flanella molto morbida. Sospirai deliziata quando sentii la sua pelle calda sotto le dita, carezzandogli i muscoli del petto e dell'addome.

Mentre gli sbottonavo i jeans lui mi tolse in un lampo la camicetta. Me la strappò di dosso come un selvaggio, facendo rimbalzare per terra i bottoni. Incrociando il suo sguardo, mormorai, "Rovinala pure, eh."

Senza mostrare il minimo rancore, si strinse nelle spalle e mi rivolse un sorriso malizioso, con un luccichio negli occhi. Perfino un gesto così normale come un'alzata di spalle fatto da lui era sexy da morire.

Non riuscii a trattenere un sorriso e poi mi tirò su, sfilandomi i jeans. Nel giro di pochi secondi mi lasciò in mutande. Mi posò sul ripiano, le piastrelle fredde che riuscirono a placare momentaneamente i miei bollenti spiriti.

Ma quando prese in bocca un capezzolo e iniziò a stuzzicare l'altro con le dita, quel fuoco tornò ad ardere più forte che mai, lasciandomi senza fiato. Mi stuzzicò lievemente con i denti e lanciai un urlo, affondandogli le dita tra i capelli. Abbassai una mano per sbottonargli i jeans, contenta di vedere che anche quella volta sotto non aveva nulla. Presi in mano il suo membro eretto, sentendo la pelle vellutata sotto le dita. Gli abbassai subito i jeans, che erano di intralcio.

"Cazzo, Susannah," mormorò. "Mi fai impazzire."

Ward sollevò la testa, il grigio tempestoso dei suoi occhi che cercava i miei, mentre con una mano scivolava fino all'apice delle mie cosce, bagnate per lui.

"Non sai quanto cazzo adoro sentirti così bagnata. Da quant'è che sei così?"

Mossa da nient'altro che desiderio puro, risposi in tutta onestà. "Da quando ti ho visto."

Il suo sguardo si fece più intenso. Senza dire nulla, mi sfilò le mutandine e affondò due dita nella femminilità pulsante. Un brivido di sollievo mi pervase, ma non mi bastava. Avevo bisogno di sentirlo dentro di me, di concentrarmi soltanto sul piacere e dimenticare tutto il resto.

"Ti voglio," mormorai, ansimando.

Senza esitare un attimo, si spostò leggermente. Con l'erezione in pugno, la guidò verso l'apertura, bagnandola dei miei umori. Incrociò di nuovo il mio sguardo. "È questo che vuoi?"

Un'ondata di sensazioni mi travolse, facendo formicolare tutte le terminazioni nervose. Senza riuscire a distogliere lo sguardo né a parlare, annuii e inarcai il bacino verso il suo. Fece scivolare di nuovo la punta del pene sul clitoride, stuzzicandolo.

"Se lo vuoi, devi dirlo."

"Sì," gridai, riuscendo per miracolo a collegare bocca e cervello.

"Allora guarda," ordinò.

E così distolse lo sguardo dal mio, abbassandolo sul punto in cui i nostri corpi stavano per unirsi. Ubbidendo, lo seguii. Il suo membro era un esemplare meraviglioso, duro e grosso, lucido dai miei umori. Senza la minima vergogna, iniziò a masturbarsi davanti a me. Una goccia di eccitazione uscì e cadde sul mio ventre.

Quella scena mi portò al limite della sopportazione. Non potevo tollerare neanche un secondo di più senza averlo dentro di me.

"Ti prego, Ward. Ti voglio."

"Sono qui," mormorò.

Questa volta glielo diedi io un ordine. "Penetrami. Subito."

"Bastava chiedere," disse con un grugnito, affondando dentro di me.

Lanciai un urlo e mi inarcai verso di lui, mentre stringendomi per i fianchi mi portava sul bordo del bancone. Rimase fermo dentro di me, la sensazione di pienezza così piacevole che tirai un sospiro di sollievo.

"Susannah."

Aprii gli occhi e trovai i suoi. Mi batté forte il cuore. Il momento era così intenso e intimo da diventare quasi intollerabile. Ma mi lasciai andare perché, unita a lui e con il suo sguardo fisso nel mio, mi sentivo al sicuro.

Dopo qualche secondo, ritrasse i fianchi e affondò di nuovo. A ritmo sostenuto, una spinta seguì a un'altra e a un'altra ancora. Ero così bagnata, così accecata dal desiderio che l'orgasmo mi travolse praticamente subito, un piacere così violento e intenso che mi andò in tilt il cervello.

In lontananza, sentii la mia voce che urlava ripetutamente il suo nome. Ancora scossa dalle convulsioni, il suo corpo si irrigidì contro il mio ed esplose, riversandosi dentro di me. Con il mio nome sulle labbra, si abbandonò al puro godimento.

Lasciò cadere la testa sulla mia spalla, il respiro caldo che mi solleticava la pelle. Restammo così, l'uno nelle braccia dell'altro. Non avevo la minima intenzione di muovermi, ma il freddo iniziò presto a farmi rabbrividire.

Ward sollevò la testa e mi guardò negli occhi. Senza dire una parola, fece un passo indietro e mi prese in braccio, per poi portarmi sotto la doccia.

Mi ero già lasciata andare fin troppo, ma decisi comunque di godermi il momento.

Capitolo Trenta

WARD

Nell'ufficio della dottoressa di Susannah, poggiai i gomiti sulle ginocchia resistendo alla tentazione di torcermi le mani per l'ansia. Era un'esperienza totalmente nuova. Osservai la piccola sala, che ospitava un lettino con della carta bianca sopra e quei poggiapiedi che un uomo non vedeva mai personalmente. Beh, almeno che non fosse un futuro padre.

Accanto c'era un bancone con un lavello, un'enorme bottiglia di disinfettante e delle scatole che sicuramente contenevano gli attrezzi del mestiere. Alle pareti c'erano diversi poster sulla gravidanza. Oltre la mia sedia c'era anche uno sgabello su ruote collegato al lettino. Era un ambiente sterile e gelido.

Susannah era seduta sul lettino con una vestaglia chiusa dietro il collo. Aveva le gambe nude, ma con le calze. Una visione inspiegabilmente dolce. Stava dondolando avanti e indietro i piedi, distrattamente. Incrociò il mio sguardo e si voltò subito, spostandosi una ciocca di capelli dietro l'orecchio.

"Come si chiama la dottoressa?"

"Dottoressa Jenkins."

"La conosci bene?"

Un'improvvisa moltitudine di domande su quella donna mi invasero la mente. Sicuramente molte anche troppo personali, ma era la dottoressa che avrebbe seguito la gravidanza fino alla fine. Sentivo il bisogno di sapere tutto, per tranquillizzarmi.

Susannah mi guardò di nuovo, alzando gli occhi al cielo. "La conosco da quando ero ragazzina. Non ho problemi ad averti qui, ma non azzardarti neanche a pensare che cambierei dottoressa solo perché me lo chiedi tu. Mi fido di lei e mi trovo molto bene," affermò con decisione.

Non riuscii a trattenere una risata. Mi aveva proprio letto il pensiero. No, ovviamente non le avrei chiesto di rivolgersi a un'altra dottoressa, ma volevo assicurarmi che si trovasse bene con la sua.

"Non te lo chiedere mai," le dissi.

"Bugiardo," replicò, con un ghigno.

Proprio in quel momento la porta si aprì ed entrò la dottoressa Jenkins. Indossava un camice bianco con il nome ricamato in viola. Aveva i capelli scuri raccolti dietro la testa, qualche sfumatura argentata tra le ciocche nere. Dietro agli occhiali spiccavano pungenti occhi marroni.

"Ciao, Susannah," disse con un lieve sorriso. "Jane mi ha detto che oggi abbiamo compagnia." Spostò il suo sguardo fin troppo perspicace su di me, poi si avvicinò e mi porse la mano. "Piacere, sono la dottoressa Jenkins."

Mi alzai e le strinsi la mano. La sua stretta era uguale al suo tono di voce: forte e decisa. Aveva l'aria di essere una donna con la testa sulle spalle, che non si perdeva in sciocchezze.

Probabilmente si era immaginata che il figlio di Susannah fosse il frutto di una scappatella. Speravo con la mia presenza di aver guadagnato qualche punto.

Una volta in piedi, mi infilai le mani in tasca perché non sapevo cosa fare. Realizzai un po' in ritardo che non mi ero presentato. Ero talmente destabilizzato dalla situazione che non riuscivo neanche a ragionare.

"Ward, Ward Taylor," dichiarai.

Guardai Susannah e notai il rossore delle sue guance. Sicuramente anche lei doveva sentirsi a disagio quanto me. Ero completamente fuori dal mio elemento.

La dottoressa rispose con un cortese cenno del capo e un sorriso amichevole, per poi iniziare la visita. La mia mente, nel frattempo, incominciò a vagare fra le nuvole.

Il problema era che non sapevo minimamente cosa fare. Sapevo invece benissimo cosa volevo, ma quelle alte mura alzate da Susannah non facevano che complicare le cose. Ero perfettamente in grado di domare incendi, salvare vite, sollevare pesi disumani... Ma convincere Susannah ad accettare il fatto di essere mia sembrava impossibile. E purtroppo la mia esperienza nel settore era pari a zero.

Il mio stesso padre aveva svolto soltanto la parte di donatore di sperma, abbandonandomi molto presto. Ed era perfino riuscito a riempirsi le tasche con il divorzio. Come primo modello di padre, mi aveva insegnato che sposare qualcuno per soldi fosse tra le scelte più sagge della vita.

Il secondo modello invece era stato il mio patrigno, il padre di Dwight. Furbo com'era, aveva ben pensato di sposarsi per soldi, ma mia madre aveva imparato la lezione. La delusione non le aveva comunque impedito di risposarsi, ma ormai il suo rapporto con i soldi era cambiato. Altro perfetto esempio di donatore di sperma, le aveva chiesto il divorzio quando Dwight aveva all'incirca cinque anni. Il divorzio lo ottenne, ma non i soldi. Aveva dunque dedicato i successivi dodici anni della sua vita a rendere quella di mia madre un inferno, un tira e molla infinito in tribunale per riuscire a spillarle qualche soldo. Il povero Dwight nel frattempo continuava a passare da uno all'altro, e l'esperienza lo aveva segnato nel profondo.

Per farla breve, non avevo idea di come dovesse essere un vero padre, ma non avrei mai permesso che mio figlio crescesse senza una figura paterna al suo fianco.

Mia madre invece era stata una donna fantastica. Era stata la mia roccia, così come quella di Dwight. Mai si era permessa di parlare male di suo padre davanti a lui. Ci aveva sempre sostenuti con tutte le sue forze. Ma alla fine per Dwight non contavano altro che i soldi, mentre io avrei dato la luna per poter passare più tempo insieme a lei. Ma purtroppo la vita è crudele.

Se mi fossi impegnato anche solo la metà di mia madre per crescere mio figlio, allora me la sarei senz'altro cavata discretamente.

La voce della dottoressa Jenkins mi distrasse dai pensieri.

"Ward?" Dal suo tono capii che aveva già provato ad attirare la mia attenzione.

La guardai, annuendo. "Chiedo scusa." Poi le mie parole sorpresero perfino me. "Non ho mai accompagnato nessuno dal medico. Lo trovo piuttosto strano."

Il sorriso che mi rivolse la dottoressa sembrava sincero. Indicò lo schermo dietro al lettino. Mentre ero distratto, aveva fatto sdraiare Susannah e le aveva infilato qualcosa tra le gambe. Non mi azzardai a chiederle cosa fosse.

La dottoressa puntò qualcosa. "Ecco il vostro bambino."

Lo schermo in bianco e nero mostrava una forma sgranata con i lineamenti di un bambino. Rimasi a fissarlo, senza parole. La dottoressa quindi continuò il discorso. "Allora, questo rumore..." Si fermò a guardarmi, un sopracciglio sollevato. Annuii quando nella stanza riecheggiò un fruscio seguito da un battito debole ma regolare. "È il battito cardiaco del bambino," concluse.

Mi si strinse il cuore e non riuscii a strappare lo sguardo dallo schermo. Avrei voluto farle un milione di domande, ma mi limitai a una. "Quando sapremo il sesso?"

"Ho già fissato la prossima ecografia. Sarà più o meno alla ventunesima settimana, quindi dovrebbe già essere visibile."

Incrociai il suo sguardo fermo e gentile, annuendo. Il cuore mi martellava nel petto, la gola strozzata dall'emozione. Guardai Susannah, sdraiata sul lettino con nient'altro che la vestaglia addosso, e notai subito che aveva la pelle d'oca, il colorito di una lieve tonalità fredda.

Era quasi come se in quella saletta sterile ci fossimo soltanto noi due. La presenza della dottoressa svanì completamente. I nostri occhi si incrociarono e quell'elettricità così familiare prese di nuovo vita tra di noi.

Il cercapersone della dottoressa Jenkins ci strappò da quel breve momento di intimità. Distolsi dunque lo sguardo, facendo scivolare una mano sul polpaccio di Susannah.

Prima di allontanarsi per rispondere, la dottoressa le chiese di reggere la sonda.

"La sonda?" chiesi a Susannah, quanto ci lasciò soli.

Susannah sorrise e si spostò leggermente per allungare la mano tra le gambe. "Questa cosa qui," disse, agitandola. "Fidati, non sai quanto sei fortunato a essere uomo. Ti assicuro che non è affatto piacevole. È praticamente un bastone freddo e duro. Viene usata per l'ecografia," mi spiegò, notando la confusione sul mio volto.

"Oh, adesso ho capito" le dissi, proprio quando la dottoressa tornò nella stanza.

Si rimise subito al lavoro, eseguendo qualche controllo e test, illustrandomi nel dettaglio ogni sua mossa. Dopo aver finito, chiese a Susannah di rimuovere la sonda. Poi sfilò subito il preservativo e lo gettò nella pattumiera, insieme ai guanti di lattice. Mai mi sarei immaginato che venissero usati anche nello studio di un ginecologo.

Susannah si tirò su e la dottoressa Jenkins ci guardò. "Avete altre domande?"

Guardai subito Susannah, smarrito. Sarebbe sicuramente stato inappropriato chiederle consigli su come convincerla ad ammettere che tra di noi c'era molto di più del semplice sesso.

Quel pomeriggio tornai a casa angosciato. Dopo la visita, Susannah aveva alzato di nuovo le difese. Senza neanche farsi avvicinare il tanto per un bacio, era corsa alla sua macchina. La mia pazienza stava ormai raggiungendo il limite. Dovevo a tutti i costi costringerla ad aprire gli occhi e accettare la realtà.

Capitolo Trentuno

SUSANNAH

Mia madre mi guardò con occhi sbarrati. Avevo ereditato quello stesso azzurro quasi traslucido. Così come i suoi capelli, un colore che da bambina avevo tanto odiato. Il ramato così intenso che a volte mi affibbiavano il soprannome *Rossa*.

Ma non era il momento di pensare ai miei capelli. Ero riuscita nell'impossibile. A sconvolgere completamente mia madre.

"Sei incinta?" domandò.

"Già. È stata una sorpresa anche per me."

Eravamo nella cucina dei miei genitori. La loro casa si trovava su un promontorio e dava su un vasto prato con le montagne sullo sfondo. In effetti, le montagne facevano da sfondo a qualsiasi panorama dell'Alaska. Ma la loro straordinaria bellezza non stancava mai.

Amavo la cucina dei miei genitori, probabilmente perché ci avevo passato la maggior parte della mia infanzia. Vivevano in una cascina in stile rustico, ripreso ovviamente anche in cucina. Diversi armadietti tappezzavano le pareti, mentre al centro si trovava un'enorme isola con i fornelli e il lavello, circondata da sgabelli. Era dove da piccola mi mettevo sempre a fare i compiti, mentre mia madre era occupata a preparare la cena.

Prima che le annunciassi la notizia, stava tagliando delle carote. Ero seduta su uno sgabello di fronte a lei, a bere del tè. Era un freddo pomeriggio di primavera e mi stavo scaldando le mani con la tazza.

Poggiò il coltello sul ripiano e prese uno sgabello per sedersi. "Beh, immagino che se sei venuta a dirmelo significa che vuoi tenere il bambino," affermò infine.

"Esatto. Sarà un'idea folle ed è successo tutto all'improvviso, ma ormai ho deciso."

Mia madre annuì lentamente, l'espressione che iniziava a tornare normale. "Spero di non essere troppo invadente, ma vorrei sapere chi è il padre. Purtroppo non so nemmeno se frequenti qualcuno."

Mi guardò con occhi mesti. Per quanto fossimo legate, non le piaceva impicciarsi nei fatti miei. Preferiva darmi spazio e aspettare mie notizie.

"È una domanda più che legittima, mamma. È iniziata come una semplice avventura, ma il nostro rapporto sta crescendo di giorno in giorno. Il padre è Ward, Ward Taylor."

Mia madre sbarrò gli occhi. "Il tuo nuovo caposquadra?"

Annuii e mi guardò ancora più sconvolta. Decisi che forse era il caso di anticipare tutte le sue domande e spiegarle meglio la situazione. "Mamma, l'ho conosciuto anni fa in California, durante l'addestramento. Tra di noi non c'è mai stato nulla di serio, ma... Beh, qualcosa c'è stato. Quando ci siamo rivisti qui, ci siamo lasciati andare, consapevoli che la sua nuova posizione avrebbe complicato tutto."

Sentivo le guance in fiamme. Ero rimasta sul vago, ma il significato delle mie parole era inequivocabile.

Mi rivolse un sorriso malizioso. "Capisco."

"Non voglio entrare nei dettagli, ma ti assicuro che abbiamo usato le protezioni. Però sono rimasta incinta. Avevo paura della reazione di Ward, ma ha accettato subito la notizia. Non te l'ho detto subito perché, beh... Ero piuttosto sconvolta."

"A quante settimane sei?"

"Dieci."

Mia madre mi fissò e aprì la bocca, per poi richiuderla. "E da quanto lo sai?"

"Da un mese. Prima di parlarne con qualcun altro avevo bisogno di metabolizzare e accettare io stessa la realtà. Spero tu possa capirmi," le dissi, sapendo che probabilmente c'era rimasta male che non gliene avessi parlato prima. Purtroppo non c'eravamo più riviste da quando l'avevo scoperto. Di solito passavo a trovare i miei almeno una volta alla settimana, ma erano stati via due settimane nello Stato di Washington da alcuni amici.

Dopo qualche momento di silenzio, inclinò la testa di lato e mi sorrise. "Vedrai che tuo padre sarà entusiasta. Quand'è che ci presenterai questo Ward?"

"Presto. Prima di parlare con lui volevo darvi la notizia."

Lo sguardo acuto di mia madre mi studiò. "Avete deciso di mettervi insieme?"

Lacrime inaspettate iniziarono a bruciarmi gli occhi. Nemmeno io sapevo a che punto fosse la nostra relazione. Avevo notato la frustrazione di Ward. Non era un uomo che riusciva a trattenersi. Ma non ero certo meno frustrata di lui. Volevo il nostro bambino, ma mi sentivo intrappolata in quel rapporto dalle circostanze e dal mio corpo. Il fuoco che ardeva tra di noi era troppo incandescente da ignorare, ma sarebbe stato tutto molto più semplice se non fossi stata schiava del mio desiderio.

Dopo la visita dalla dottoressa, aveva iniziato a passare ogni notte da me. Non riuscivamo ad andare a letto senza la nostra dose giornaliera di sesso selvaggio. A quanto pareva era l'unica cosa che fossimo in grado di fare. Ma quando i nostri corpi non erano una cosa sola e ci ritrovavamo a dover guardare in faccia la realtà, non sapevo come gestire la sua presenza nella mia vita. Volevo spingerlo via e allo stesso tempo stringerlo a me. Certo, ero una donna testarda, ma non ero abituata a quell'improvviso vortice di emozioni e ormoni che mi turbinavano dentro.

Mi resi conto di aver iniziato a piangere soltanto quando mia madre mi passò un fazzoletto. Rimase in silenzio per un istante, per poi prendermi completamente alla sprovvista. "Anche tu sei stata una sorpresa."

"Davvero?" le chiesi, guardandola mentre mi asciugavo il viso con il fazzoletto appallottolato in mano.

Annuì, con un sorriso affettuoso sulle labbra. "Oh, ero già innamorata persa di tuo padre, ma non avevamo nemmeno ancora pensato al matrimonio. Prendevo la pillola, ma qualche volta me ne dimenticavo. E alla fine sono rimasta incinta. L'ho scoperto dopo due mesi perché sai, prendendo la pillola avevo mestruazioni molto leggere. L'ho capito soltanto quando sono iniziate le nausee mattutine. Ma sei stata il miglior incidente della mia vita."

Scoppiai a ridere per l'assurdità della situazione. "E quand'è che avete deciso di sposarvi?"

"Oh, tesoro. Quella storia la conosci. Mi ha messo subito l'anello al dito e ci siamo sposati in fretta e furia."

Un bagliore di speranza si fece spazio nel mio cuore. Sembrava tutto così semplice, ma dentro di me avevo il terrore che Ward avesse deciso di restare al mio fianco soltanto per il bambino.

Le feci notare che quel dettaglio sulla gravidanza l'avevano sempre occultato, al che si strinse nelle spalle.

"È un dettaglio di poco conto. Non so cosa ci sia tra te e Ward e, visto che non lo conosco, non ho niente su cui basarmi." Fece una pausa per studiarmi il volto. "Mi sembra di aver capito che vuole assumersi le sue responsabilità. È un'ottima cosa, no?"

Oddio. Sapevo che c'era qualcosa che voleva dirmi, ma si stava mordendo la lingua. Non potevo certo ammettere di essere una ninfomane e che il desiderio mi stava offuscando il cervello. Mi dava quasi fastidio che Ward avesse deciso di fare parte della mia vita in modo così, beh, intimo.

"Certo che sì. È che sono molto confusa. Anche se voglio questo bambino, non possiamo prendere decisioni troppo affrettate. La nostra storia è diversa da quella tua e di papà. Cioè..."

Mia madre scosse con decisione la testa. "Tesoro, la vita è un viaggio pieno di ostacoli e incertezze. Anche se io e tuo padre stavamo già insieme quando sono rimasta incinta, non significa che sia stato più semplice. Ogni relazione richiede impegno, soprattutto se c'è un figlio di mezzo. Ancora oggi devo curare il rapporto con tuo padre per permettere che tutto funzioni. E lui fa lo stesso. Con il tempo le relazioni cambiano, non è sempre tutto rose e fiori. Bisogna costruire delle fondamenta solide. Non sto cercando di convincerti a restare con Ward. Solo che non puoi startene qui ad aspettare un segnale divino che ti faccia capire che siete fatti l'uno per l'altra.

Anche un incidente può portare a un matrimonio meraviglioso. E non è detto che pianificando alla perfezione il proprio futuro il rapporto resista. Devi lasciarti andare e seguire la corrente, invece di nuotare contro. Se Ward vuole far parte della vita del bambino e restare al tuo fianco, significa che è una brava persona."

Senza sapere come rispondere, mi limitai ad annuire.

Capitolo Trentadue

SUSANNAH

"Di nuovo?" chiese Lucy, incredula.

Amelia poggiò le carte sul tavolo, alzando gli occhi al cielo. "Perché ti sorprendi tanto? Maisie vince praticamente sempre."

Afflosciandomi contro lo schienale guardai Maisie, che si strinse nelle spalle. "Non posso mica giocare male perché vuoi vincere tu," disse a Lucy, con un sorrisetto furbo.

Lucy sbuffò e prese la bottiglia di vino dal tavolo. Si riempì il bicchiere e sospirò. "Hai ragione, ma io ci spero sempre. Ogni tanto riesce a vincere anche qualcun altro."

Lucy incrociò il mio sguardo quando Amelia le strappò di mano la bottiglia di vino. Sicuramente si stava chiedendo quando mi sarei decisa a dare la notizia anche alle altre.

Non è che volessi continuare a nasconderlo, ma stavo cercando il momento giusto. Amelia mi diede l'occasione perfetta quando mi offrì del vino. "E il tuo calice dov'è?"

Non ero una grande bevitrice, ma mi piaceva bermi

un bicchiere di vino o di birra in compagnia. Guardandola negli occhi, mi strinsi nelle spalle. "Mi sa che è giunto il momento di dirvelo. Sono incinta."

Le mie parole lasciarono tutte col fiato sospeso. Era una delle nostre serate settimanali tra donne. Non era niente di speciale, mangiavamo e giocavamo a carte tra una chiacchiera e l'altra. Quella sera eravamo a casa di Amelia e Cade, che per togliersi dai piedi era andato al Wildlands per una birra con i ragazzi.

Eravamo sedute al piccolo tavolo rotondo della cucina. Amelia aveva costruito con le sue mani quella casa diversi anni prima che Cade tornasse a Willow Brook. Il piano terra era un open space arioso, con la cucina sul fondo che dava sul soggiorno. Mi guardai attorno e vidi gli sguardi sconvolti di Amelia e Maisie. Amelia lanciò un'occhiata a Lucy, che la notizia la sapeva già.

"Com'è che tu sei rimasta impassibile?" le domandò.

Risposi io per Lucy. "Perché gliene avevo già parlato. Avevo bisogno di aiuto."

"Sei incinta?" mi chiese Maisie, incredula.

"Eh, già," risposi, le guance in fiamme. "Forse è meglio se vi spiego tutto. Allora, quattro anni fa ho conosciuto Ward in California, durante il nostro addestramento. Non pensavo che l'avrei mai più rivisto, quindi mi sono concessa a lui per una notte. Ma non è nulla di che, no?" Amelia e Maisie continuavano a guardarmi sconvolte, mentre Lucy con una certa empatia. Continuai, "E quando poi si è presentato qui..."

Maisie mi interruppe. "È il tuo capo."

Sentii il viso prendere letteralmente fuoco. "Ma va? Non lo sapevo. Comunque, nonostante tutti quegli anni, tra di noi c'era ancora una certa chimica. Quindi abbiamo deciso di passare un'ultima notte insieme. Ma sono rimasta incinta. E ora..." Sospirai, appoggiando il mento sulle mani, guardando le mie amiche. "Beh, voglio questo bambino."

Maisie mi studiò il volto. "In effetti avevo notato qualche cambiamento. Se avessi saputo di Ward l'avrei capito subito. Ma visto che non stavi frequentando nessuno, o almeno non che io sapessi, mai mi sarei immaginata che fossi incinta. A che settimana sei?"

Risposi dopo un bel respiro profondo. "Quasi alla fine del primo trimestre, dieci settimane e mezzo."

Amelia rimase a bocca aperta. "E da quant'è che lo sai?"

"Beh, ho fatto un test di gravidanza una settimana dopo che non mi è venuto il ciclo, quindi più o meno da cinque settimane. Sentite, la notizia mi ha sconvolto e ancora non mi sono ripresa. Ho aspettato di confermare la gravidanza con la mia dottoressa e poi l'ho rivelato a Ward."

"Quindi state insieme?" chiese Maisie.

Quante volte mi ero fatta la stessa domanda. Un peso mi schiacciò il petto, ma lo ignorai. "Non lo so," risposi, onestamente.

"E come ha preso la notizia? Perché un figlio è un passo molto importante," disse Maisie.

"Capitan ovvio," replicò Lucy.

Maisie alzò gli occhi al cielo e raccolse le carte sparse sul tavolo, lanciandomi un'occhiata. "Non ero sarcastica. Io e Beck abbiamo deciso insieme di avere un bambino, ma nessuno dei due si aspettava sarebbe stato così impegnativo. Non tornerei mai indietro, ma non è comunque facile."

"Lo so. Non me l'aspettavo ma, sarò anche pazza, porterò a termine la gravidanza."

Amelia bevve un sorso di vino e mi guardò cupamente. "Ed è davvero quello che vuoi?"

"So che ci sono anche altre opzioni, ma lo voglio davvero. So che non ha alcun senso. Ah, non pensate che me la sia andata a cercare. Abbiamo usato le protezioni, ma evidentemente non hanno funzionato."

Lucy scoppiò a ridere. "No, direi di no. E come va con Ward?"

Un'altra stretta al cuore. "Direi tutto bene," risposi.

"Hai capito cosa vuoi davvero?" chiese, riferendosi alla nostra conversazione.

Amelia ci guardò. "Deduco che ne abbiate già parlato. Fammi indovinare, pensavi che Lucy sarebbe stata la più schietta delle tre, vero?"

Annuii, sorridendo. "Già. Ma non ho seguito comunque il suo consiglio."

"Che sarebbe?" indagò Amelia.

"Beh, quello più ovvio. Che devo capire cosa voglio. Allora, mettiamola così. Ward è molto bravo nel sesso. Cioè, *molto, molto* bravo. Però mi sento come combattuta perché non capisco cos'è che provo davvero. Cioè..." Feci una pausa, cercando di riorganizzare le idee. "Ho paura che il desiderio e la passione possano farmi prendere una decisione che non sono ancora pronta a fare. Non dovremmo metterci insieme solo perché sono rimasta incinta."

Mi fissavano tutte e tre, con espressioni diverse ma comunque confuse da morire.

"Beh, come ha reagito alla notizia della gravidanza?" chiese Maisie.

"Meglio di quanto pensassi. Ovviamente è stato uno shock anche per lui, ma quando gli ho detto che volevo il bambino, beh... Ha appoggiato subito la mia scelta."

"So che vuoi separare il buon sesso dai sentimenti,

ma è una situazione molto complicata. Se non credi di volere qualcosa in più da Ward, allora dovresti smettere di andarci a letto. Perché così va a finire che non capirete più nulla," disse con cautela Amelia.

Il problema era proprio quello. Avevo passato settimane a convincermi di non sapere cos'è che volessi davvero con Ward. Ma ormai non potevo più continuare a ignorare la dolorosa realtà. Avevo capito benissimo cosa volevo, o meglio, cos'è che non volevo. Soltanto pensare di chiudere il rapporto che avevamo creato mi faceva impazzire. No, non avrei mai potuto farlo, ma i dubbi rimanevano comunque fin troppi.

Notando il mio turbamento, Amelia si avvicinò e mi passò un braccio sulle spalle, per un abbraccio di conforto. "D'accordo, capisco."

Dopo aver mandato giù il nodo che mi stava attanagliando la gola e aver fatto un respiro profondo, riuscii a risponderle. "È successo tutto all'improvviso. Sono distrutta."

Amelia balzò in piedi e corse in bagno, portando una scatola di fazzoletti. Soltanto allora notai la lacrima calda che mi rigava la guancia.

Presi un fazzoletto e guardai le mie amiche. "Sto di merda e nessuno mi aveva avvisata. Anzi, la dottoressa mi ha parlato di sbalzi ormonali, ma Dio mio."

Maisie sorrise dolcemente, alzando gli occhi al cielo. "Oh, già. Anche io ero un vero disastro." Mi guardò seria. "Senti, forse è meglio se per il momento non ti fai troppe seghe mentali. Lasciati andare e vedi dove va a finire con Ward."

Scossi con decisione la testa. "No, non possiamo continuare così. Ho bisogno di certezze, soprattutto perché avremo un bambino insieme."

Lucy mi strinse in modo rassicurante la mano,

passandomi un altro fazzoletto. Meno male, visto che quello che avevo era già a brandelli.

"Allora torniamo al punto di partenza. Devi capire cosa vuoi. Ma sappi che noi siamo sempre qui per te. Se alla fine fa lo stronzo, ci pensiamo noi a fargli il culo," disse Lucy.

Guardando le mie amiche, una bollicina di gioia prese a fluttuarmi nel petto. Erano donne meravigliose, che sarebbero riuscite davvero a fargli il culo. Magari non da sole, ma unite senza alcun dubbio.

Quando fu ora di tornare a casa, mi chiesi se avrei trovato Ward da me. Ormai veniva così spesso che non mi avvisava neanche. Sapeva solo che avrei passato la serata dalle mie amiche.

Quando parcheggiai nel vialetto vicino al suo pick-up tirai un sospiro di sollievo. Perché per quanto cercassi di autoconvincermi che il nostro rapporto si basasse soltanto sul sesso e il bambino, nel profondo del mio cuore avevo bisogno di averlo al mio fianco.

———

Entrai in casa e trovai Ward addormentato sul divano. Mi fermai ad ammirarlo. Era bellissimo anche quando dormiva. I giochi di luce mettevano in risalto i lineamenti cesellati, mentre i riccioli scuri erano spettinati come al solito. Feci scivolare lo sguardo lungo i muscoli scolpiti, che i vestiti facevano fatica a mascherare.

Come se avesse percepito il mio sguardo, i suoi occhi argentati si aprirono e trovarono subito i miei. Uno stormo furioso di farfalle prese a svolazzarmi nello stomaco.

Armandomi di coraggio, mi sedetti davanti a lui sul tavolino e, le mani giunte, gli feci finalmente quella domanda che ormai non poteva più aspettare. "Che cosa vuoi?"

Inarcò un sopracciglio perplesso. "Non credo di aver capito la domanda."

"Da noi due."

L'aria si caricò di tensione e incertezza. Con il viso illuminato dalla fioca luce della lampada ad angolo, mi guardò senza rispondere. Dopo quella che mi sembrò un'eternità, allungò il braccio e mi fece scivolare la mano dal ginocchio al polpaccio. Senza neanche rendermene conto, avevo iniziato ad agitare la gamba per l'ansia.

"Te," disse infine.

Una parola sola, ma carica di significato. Così definitiva, così possessiva.

Un groppo mi serrò la gola e cercai di mandarlo giù, soffocando quel senso di panico che rischiava di travolgermi.

Non dissi nulla. Provai un miscuglio di emozioni diverse: sollievo, confusione, frustrazione. Una parte di me amava quel suo lato così alfa che lo portava sempre a dire esattamente ciò che pensava e voleva. Ma ancora meglio, era *me* che voleva. Eppure, odiavo il modo in cui il mio corpo e la mia mente reagivano a lui. Il turbamento fu tale che non riuscii nemmeno a rispondergli. Perso quel poco coraggio che ero riuscita a trovare, mi voltai verso la finestra alle mie spalle. Il sole era scomparso dietro l'orizzonte, lasciando sulla sua scia striature di rosa.

Mi venne tutto d'un tratto da vomitare e corsi in bagno. Quando Ward corse ad assistermi, un forte senso di frustrazione mi assalì.

Quel suo lato così premuroso non faceva che peggiorare le cose. Era riuscito a fare leva sul mio cuore e minacciava di non mollarlo più.

Capitolo Trentatré

WARD

Con la spalla aprii la porta d'ingresso della caserma. Avevo una mano occupata a reggere la tazza di caffè e nell'altra alcuni documenti. Mi avvicinai al banco dell'accoglienza, dove Maisie era occupata come al solito. Stava parlando al telefono con qualcuno riguardo a un incidente che coinvolgeva un gatto e un escavatore.

Maisie sollevò la testa e le lanciai un'occhiata perplessa. Trattenendo una risata, mi fulminò con lo sguardo. Mi voltai e appoggiai i fianchi al banco, bevendo un lungo sorso di caffè.

La caserma di Willow Brook si trovava sulla Main Street, vicina al centro cittadino. In quel periodo il paese si stava riempendo di vita con ogni giorno che passava. Ero già stato a Willow Brook in passato per una missione, ma non avevo esplorato la zona. Sapevo che durante l'estate era una delle tante città dell'Alaska che si riempiva di turisti. Perfino in quel periodo di metà primavera era una delle mete favorite. La Main Street brulicava di persone che passeggiavano tra i graziosi negozietti e ristoranti. C'erano turisti di tutti i tipi, da chi veniva solo per ammirare la zona, a chi si dilettava nelle attività all'aria aperta, a chi ancora usava il paese come rampa di lancio per spostarsi in altre aree dello stato alla ricerca di avventure: arrampicate, gite in mountain bike, campeggio, caccia, pesca e chissà quante altre ancora.

Maisie terminò la telefonata e mi voltai. "Un gatto?" domandai.

Alzò gli occhi al cielo, appoggiando le cuffie accanto alla tastiera. "Sì, un gatto. Era Carrie Dodge. Stiamo cercando di farle capire che non può continuare a usare il suo escavatore per salvare il suo gatto Herman quando rimane bloccato sugli alberi."

"Eh?"

Maisie mi rivolse un sorrisetto divertito. "Già. A casa ha un escavatore e una volta è caduta in un fosso, quindi ha dovuto chiamarci per tirarla fuori. Prima o poi toccherà anche a te andare in suo soccorso. A Herman piace proprio tanto salire sugli alberi. Tranquillo, ho già chiamato Beck, ci pensa lui."

Mi scappò una risata. Una cosa che amavo di Willow Brook era il senso di comunità. Era una cittadina così piccola da farti sentire sempre a casa. Il mio paesino del Montana con gli anni aveva prosperato, diventando con il tempo una città vera e propria. Mi era mancato vivere in un posto del genere.

Cominciò a balenarmi per la mente che forse restare in quel posto anche oltre i due anni del contratto sarebbe stata la scelta migliore per il mio futuro. E sapevo che Susannah avrebbe deciso di crescere lì nostro figlio, vicino alla sua famiglia.

Il cuore iniziò a martellarmi più forte nel petto, così come sempre accadeva quando pensavo a Susannah. Ripensai alla discussione della notte prima. Le avevo detto esattamente ciò che volevo e aveva alzato di nuovo un muro. Ormai la mia pazienza era al limite. Appena prima che potessi ordinarle di smetterla di continuare a negare i suoi sentimenti, era corsa in bagno a vomitare, chiudendo bruscamente la conversazione.

Bevvi un sorso di caffè e passai a Maisie l'ordine compilato secondo le sue direttive. Lo prese e iniziò a sfogliare velocemente le pagine. Mi guardò con un sorriso. "Complimenti, è perfetto!"

"Ehi, guarda che sono bravo a seguire gli ordini."

Sorrise di nuovo. Mi guardò dritto negli occhi, come se avesse qualcosa da dirmi. E infatti, continuò, "Ho saputo che diventerai padre." Le sue parole furono un vero shock.

Ormai il corpo di Susannah stava cambiando e sapevo che lei e Maisie erano buone amiche. Era ovvio che i suoi cari lo sapessero. Annuii e sorseggiai il caffè, per trattenermi dal risponderle subito.

Ma Maisie non mollò il colpo. "Comunque sappi che ti conviene trattare bene Susannah. È una ragazza meravigliosa. So che nessuno di voi due se l'aspettava, ma quando c'è di mezzo un bambino bisogna assumersi le proprie responsabilità."

Oh, quanto avrei voluto fuggire. Ma aveva assolutamente ragione. Il fatto era che io sapevo benissimo cosa volevo. Volevo una vita insieme a Susannah e a nostro figlio. Ma lei invece era ancora in alto mare. Dovevo far capire a Maisie che non aveva assolutamente niente di cui preoccuparsi, quindi misi subito le carte in tavola.

"Senti, sarò sincero. Sono innamorato di Susannah e non ho intenzione di abbandonarla. La gravidanza è stata inaspettata, ma per me non c'è alcun problema. Però ancora non ho capito cos'è che vuole lei."

Maisie mi guardò a bocca aperta. La richiuse dopo

qualche istante, inclinando la testa di lato. "Wow, caspita. Scusami se ti ho sottovalutato."

"Beh, in fondo non mi conosci da molto. Per caso avresti qualche consiglio da darmi? Voglio che Susannah ammetta che tra di noi non c'è soltanto..." Mi fermai. Certo, ero un uomo schietto, ma non le avrei mancato di rispetto davanti a una sua amica. Non sarei sceso nei dettagli di quello che facevamo sotto le lenzuola.

Maisie sfoderò un sorriso e le brillarono gli occhi. "Certo, ho capito. Come farle capire che tra di voi non c'è solo sesso? Confessale ciò che provi."

"L'ho fatto," risposi.

"Le hai detto che la ami?"

"Beh, non esattamente."

Maisie alzò gli occhi al cielo. "Anche se non ti conosco da molto, ho l'impressione che tu sia abituato ad avere tutto quello che vuoi. Non puoi mica dichiarare al mondo che è tua e aspettare che lei accetti e basta. Devi parlarle dei tuoi *sentimenti*."

Mi si strinse il cuore. Odiavo ammetterlo, ma ci aveva azzeccato. Ottenevo sempre ciò che volevo. Non avevo mai desiderato nessun'altra donna tanto quanto Susannah. Ed era senz'altro la prima volta che mi sentivo pronto a mettere su famiglia. Per una volta cuore e mente erano d'accordo. Ma stavo soltanto pensando a un modo per rivendicare ciò che era mio, invece di mettermi a parlarle seriamente dei miei sentimenti.

Le rivolsi un sorriso imbarazzato. "Ricevuto."

"Non solo. Devi anche trovare il modo di spiegare la situazione alla squadra. Per quanto mi riguarda, spetta a te e non a lei," affermò, senza peli sulla lingua.

"Mamma mia. Non mi lasci proprio tregua."

Maisie si strinse nelle spalle. "No. Le cose stanno così."

Aveva ragione. Feci un respiro profondo e appoggiai il gomito sul bancone accanto alla scrivania. "Lo so. Ma devo aspettare prima un suo parere."

Ero talmente disperato che arrivai addirittura a chiedere aiuto a Maisie. "Tu hai qualche suggerimento?"

I suoi grandi occhi marroni mi fissarono a lungo, finché non annuì lentamente. "Certo. Dichiarati e rispetta le sue volontà," disse piattamente. "Ricordati che anche lei si sente scombussolata quanto te."

Probabilmente Maisie avrebbe potuto darmi anche qualche dritta sulla gravidanza. Susannah continuava a tagliarmi fuori, evadendo le mie domande. Purtroppo le nausee sembravano essere peggiorate, ma neanche quello riuscì a spegnere il nostro desiderio ardente. Ogni volta che ci trovavamo nello stesso letto insieme, si accendeva e non riuscivamo a resistere alla tentazione.

"Posso farti una domanda?"

"Certo," rispose.

"Tu hai avuto problemi di nausee mattutine?"

I suoi riccioli castani rimbalzarono come annuì. "Sta molto male?"

Sospirai, passandomi una mano tra i capelli. "Per me è tutto nuovo, quindi non saprei dirti. È per questo che te l'ho chiesto. Non succede proprio tutti i giorni, ma non capisco perché si chiamino nausee mattutine, visto che le vengono anche durante il pomeriggio."

Maisie mi rivolse un sorriso tenero. "Quando sono rimasta incinta la dottoressa Jenkins mi ha detto che variano da persona a persona. Dopo il primo trimestre le cose dovrebbero migliorare."

"Se non mi sbaglio, dovrebbe mancarle poco."

In quel momento si aprì la porta d'ingresso e Susannah varcò l'uscio. Un brivido caldo mi pervase non appena posai lo sguardo su di lei. Era così maledettamente bella. I riccioli biondo ramato le ricadevano selvaggi sulle spalle e il viso. L'aria fresca primaverile le aveva tinto le guance di rosso. Quando mi vide accanto a Maisie apparve confusa, ma sfoderò subito un sorriso per dissimularlo.

Quando finì di sbottonare la giacca a vento, il mio sguardo fu come calamitato verso il suo ventre, che aveva iniziato a gonfiarsi. Non molto, ma chiunque la conoscesse bene l'avrebbe notato subito.

"Ehilà," disse come se nulla fosse, avvicinandosi. Si mise al mio fianco e appoggiò anche lei i gomiti sul bancone.

Maisie le sorrise. "Ehi, come va?"

Susannah sospirò e alzò brevemente gli occhi al cielo. "Oggi mi tocca aiutare Rex. Ha dei file sul computer su cui farmi lavorare."

Maisie le rivolse un sorriso addolorato. "Mi dispiace. Ci sto mettendo un'eternità a finire quel progetto perché non ho mai tempo. Vuole digitalizzare tutti i vecchi fascicoli della polizia. È un lavoraccio. Pensa che la stazione è operativa dagli anni Quaranta. Ci sono una marea di documenti. Pensavo che ai tempi fosse un posto molto più noioso."

Susannah fece una risatina. "Beh, erano in pochi a seguire la legge, quindi ognuno faceva quello che voleva."

Maisie la osservò. "Come ti senti? Ward mi ha parlato delle nausee."

Realizzai subito il mio errore quando lo sguardo furioso di Susannah penetrò il mio. "Sto bene," rispose, aspramente.

Senza scomporsi, Maisie si strinse nelle spalle

"Volevo solo assicurarmi stessi bene. Se noti qualcosa di insolito, riferiscilo subito alla dottoressa Jenkins, mi raccomando."

Grazie al cielo una telefonata mise fine alla conversazione. Maisie rispose e ci salutò, quindi mi voltai verso il corridoio. Aprii la porta e guardai Susannah. "Ti andrebbe di venire a parlare nel mio ufficio?"

Che lo volesse o meno, mi seguì lo stesso. Mi chiusi la porta alle spalle e la invitai ad accomodarsi al tavolino, per poi sedermi di fronte a lei.

Susannah non perse tempo. "Perché cavolo stavi parlando di me con Maisie?"

Sollevai le mani in segno di resa. "Non volevo farti arrabbiare. Mi ha semplicemente chiesto come stavi. Visto che sono un uomo, e a quanto pare un vero idiota, sono preoccupato per te e le ho chiesto qualche informazione."

Susannah si irrigidì e mi guardò per qualche secondo prima di scuotere la testa e voltarsi dall'altra parte.

"Ward," disse, guardandomi di nuovo. "Penso che dovremmo chiuderla qui. Ovviamente non posso escluderti dalla mia vita perché questo bambino è tuo. Ma non credo di essere pronta a una relazione. Non riesco a pensare lucidamente perché ogni volta che ci vediamo facciamo sesso, quindi è meglio se la smettiamo."

Sentii torcersi le budella e un senso di panico mi serrò la gola.

Cercai di mantenere la calma, concentrandomi solo su di lei. "No. Ti ho detto ciò che voglio. *Te*. A questo punto immagino tu non sia pronta a sentirtelo dire, ma ti amo. Tra di noi non c'è solo sesso. E lo sai benissimo. Non azzardarti a tagliarmi fuori."

Mi fulminò con lo sguardo, stringendo con rabbia

le labbra. Scosse fermamente la testa. "Non puoi dirmi cosa fare. È già tutto troppo complicato. Sei il mio capo e mi hai messa incinta. Non so ancora come dirlo al resto della squadra. Non puoi mettermi fretta."

Si alzò di colpo, rischiando di rovesciare la sedia. Sentii un fischio nelle orecchie, la gola strozzata dall'emozione e il cuore che martellava contro la cassa toracica.

"Non puoi decidere tutto tu. Al momento non siamo altro che amici con benefici con un sacco di problemi. Sono un'adulta, riuscirò a capire cos'è che voglio davvero, ma non posso farlo se continui a infilarti nel mio letto ogni notte. Devo andare. Ti chiedo il favore di non venire da me anche oggi."

E così corse via, i tacchi degli stivali che rimbombavano contro le pareti del corridoio.

Rimasi fermo immobile, assolutamente sconvolto. Dopo qualche minuto vidi spuntare la testa di Maisie dalla porta. "Cosa diavolo le hai detto?" chiese, furiosa.

Le lanciai un'occhiataccia. "Ehi, non prendertela con me. Ho seguito il tuo consiglio. Le ho detto che la amo ed è fuggita."

Maisie sbarrò gli occhi alle mie parole. "Oh, no."

Capitolo Trentaquattro

SUSANNAH

"Mwah!" esclamò Maisie, stampando un bacio sul pancino di Max.

Gli sistemò il pannolino pulito e gli infilò una tutina profumata. Il piccolino aveva quasi tre mesi, un bambolotto paffuto con gli stessi riccioli scuri della madre.

La scena mi colpì profondamente e l'emozione mi portò quasi alle lacrime. Avevo iniziato a sentire il bambino e ci facevo delle belle chiacchierate. Ero come convinta che fosse un maschietto, ma avrei dovuto aspettare ancora molte settimane prima di riceverne la conferma.

Maisie si alzò e mise Max nella sdraietta. Il bimbo si addormentò nel giro di pochi secondi. Maisie gli rimboccò la copertina e tornò a sedersi a tavola di fronte a me. Eravamo a casa sua e di Beck, un posto che avevo visitato già molte volte in passato, ancora prima che conoscessi Maisie. Aveva ereditato la villetta alla morte di sua nonna, appena modernizzata e con un open space arioso e alte finestre che davano su un prato.

Maisie inclinò la testa di lato, confusa. "Tutto bene?"

Annuii, asciugandomi una lacrima solitaria dal viso. "Non avevo mai pianto così tanto in vita mia," le confessai tirando su col naso e ridendo piano.

"Capisco, anche io ero un disastro durante la gravidanza. Sto iniziando a sentirmi un po' più normale soltanto ora. Beh, se non contiamo il fatto che sono diventata ossessionata da mio figlio. Quasi non riesco neanche a ricordare com'era la mia vita prima di Max. Quando hai un bambino, diventa il centro del tuo universo. Farei qualsiasi cosa per lui. Ho quest'angoscia perenne che mi consuma dall'interno, mi sembra di essere impazzita. La mia salute fisica e mentale stanno migliorando, ma è pur sempre una vera sfida."

Deglutii nervosamente e feci un respiro tremolante. "Immagino. Spero di riuscire anche io a cavarmela bene come te, a me non sembri affatto impazzita."

Sfoderò un sorrisetto. "Ok, vedo che sono piuttosto brava a fingere. Se posso permettermi, cos'è successo ieri con Ward?"

"Gli ho detto che dobbiamo chiudere. Non l'ho propriamente lasciato, visto che non stavamo ufficialmente insieme. Non eravamo altro che amici con benefici. E per di più è pure il mio capo. Se tra di noi c'è stato qualcosa, è solo perché sono rimasta incinta." Scossi con decisione la testa. "Ho bisogno di tempo per riflettere, ma se continuo a farci sesso non ci riesco. Soprattutto perché non riesco a fare a meno di lui," confessai.

Maisie scoppiò a ridere. "Ok, capisco." Fece una pausa, i suoi occhi più tristi. "Mi ha detto che ti ama," disse con cautela. "Quando te ne sei andata sembrava distrutto."

Un bagliore di speranza cercò di farsi strada nel mio cuore, ma lo ignorai. "Mi sento in trappola, sai? Non riesco a capire cosa voglio davvero. Mi dispiace averlo coinvolto in una situazione simile. Sto cercando di trovare una soluzione per il futuro, quindi dobbiamo comportarci da adulti. Al momento non so neanche cosa dire alla squadra. Una cosa è rivelare che sono incinta, ma un'altra è ammettere che il padre è il nostro nuovo capo. Verrà giù il finimondo."

Dalla sdraietta, Max fece qualche versetto e Maisie si voltò, ma dormiva ancora sereno. Stringendosi nelle spalle, mi guardò. "Secondo me invece non sarà poi così terribile. Non è mica la prima volta che succede una cosa del genere in una squadra. L'unico inghippo potrebbe essere che è il tuo nuovo capo, ma la vostra relazione è iniziata prima che arrivasse qui."

"Come, relazione?"

"Oh, sai che intendo. Non era mica la prima volta che te lo portavi a letto."

"Già, e visto che sono un fenomeno, sono riuscita a farmi mettere incinta la seconda volta che abbiamo fatto sesso," dissi, alzando gli occhi al cielo.

Maisie rise, scuotendo lentamente la testa, e poi mi guardò con aria seria. "Senti, non posso dire di conoscerlo bene, ma sembrava sincero quando mi ha detto di amarti. Devi vedere come gli brillano gli occhi quando parla di te. Non lasciarti accecare dall'ottimo sesso che fate."

"Mi starei lasciando accecare dal sesso? Oh, Dio mio. Senti, tu e Beck..."

Maisie iniziò a perdere la pazienza. "Non provarci neanche. Le relazioni sono complicate. Solo perché alla fine io e Beck siamo riusciti a capirci non significa sia stato facile. Smettila di metterti i bastoni tra le ruote da sola."

Una parte di me sapeva che aveva ragione, ma non ce la facevo più. Mi sentivo esausta. E sola. Odiavo passare la notte senza Ward. Scoppiai di nuovo a piangere. Mi sentivo ridicola. Non era affatto da me, ma in quel periodo ero diventata una fontana. "Possiamo parlare di qualcos'altro?" le chiesi, singhiozzando.

Mi guardò con occhi colmi di affetto. "Oh, tesoro. Va tutto bene. Dimmi come posso aiutarti."

"Lo stai già facendo," le confessai.

Da amica grandiosa quale era, annuì e iniziò a raccontarmi tutti i pettegolezzi innocui che giravano. Lavorando come centralinista, era il cuore pulsante della città.

Poco dopo, mi preparai per tornare a casa. Feci per uscire dalla porta, quando mi fermò. "Zanna?"

Mi voltai. "Sì?"

"Sappi che rispetto i tuoi sentimenti, ma non allontanare Ward. Sento che tra di voi può esserci qualcosa di splendido."

La abbracciai e feci una corsetta fino alla macchina. Non ero riuscita a risponderle perché stavo cercando di trattenere le lacrime che minacciavano di sgorgare di nuovo.

Capitolo Trentacinque

WARD

Era passata ormai una settimana da quell'ultima conversazione con Susannah. Certo, aveva i suoi buoni motivi per allontanarmi, ma la mia rabbia non voleva stare a sentire ragioni.

Come mi sentivo? A pezzi.

Mi mancava da morire. Ed era passata soltanto una settimana. In così poco tempo era riuscita a diventare una persona terribilmente importante nella mia vita. Non facevo che preoccuparmi per lei e il bambino. Continuavo a inventarmi possibili scuse per presentarmi da lei o telefonarle, ma per fortuna il mio buon senso riusciva sempre a fermarmi in tempo.

Scossi la testa ed entrai nel parcheggio dietro il Wildlands, in cui mi ero dato appuntamento con alcuni dei ragazzi. L'unico lato positivo della "rottura" con Susannah era che avevo finalmente trovato del tempo per socializzare con la squadra. Dovevo farmi conoscere dai miei uomini, essendo il nuovo arrivato ma soprattutto il loro capo. Beck e Cade mi avevano praticamente ordinato di unirmi a loro per quella sera.

Entrai e mi guardai intorno, trovandoli in un

angolo della sala. Mentre mi facevo strada tra i tavoli, con la coda dell'occhio intravidi Chad al bancone del bar. Sentii la rabbia montarmi dentro ripensando al nostro ultimo incontro. Ma a differenza di Susannah, lui era decisamente più facile da dimenticare.

Arrivai al tavolo e iniziai a chiacchierare amabilmente con Cade e Beck, una bottiglia di birra in mano. Con il tempo, anche gli altri ragazzi si unirono a noi. Era stata una settimana piuttosto impegnativa e ci era perfino toccato stare via per assistere in una missione di disboscamento. Per fortuna ero riuscito a tenermi occupato, altrimenti non avrei fatto altro che pensare a Susannah.

Approfittandone di un momento tranquillo, Beck si avvicinò. "Come sta Susannah?"

"E io che ne so?" risposi con un'alzata di spalle, bevendo un sorso di birra.

"Ah, quindi le cose stanno così, eh? Maisie mi ha accennato la situazione, ma essendo molto amica di Susannah ho preso tutto con le pinze. Vi siete lasciati?"

Mi feci roteare la bottiglia quasi vuota tra le dita e mi strinsi nelle spalle. "In realtà non stavamo neanche insieme."

"Beh, sei stato abbastanza con lei da metterla incinta e spassartela alla grande," commentò piattamente Beck.

Era come se stesse cercando di dirmi cosa fare e di offrirmi allo stesso tempo il suo supporto. "Ehi, non devi sentirti costretto a stare dalla mia parte. Non c'è una parte mia o una parte sua. Ho messo le carte in tavola e mi ha rifiutato. Le sto lasciando spazio prima di ripiombare nella sua vita."

Beck posò i gomiti sul tavolo, guardandomi incredulo. "E a te sta bene?"

"Non siete stati proprio tu e Cade a dirmi che Susannah odia che le venga detto cosa fare?"

"Beh, sì, ma tutti possono cambiare. L'altro giorno l'ho vista in caserma e aveva proprio una brutta cera. Forse è arrivato il momento di fare la tua mossa. Altrimenti puoi dire addio al tuo futuro insieme a lei e il vostro bambino," disse francamente.

Accidenti. Certo che Beck non aveva proprio peli sulla lingua. Una vampata di coraggio e determinazione mi ribollì dentro, così forte che per poco non picchiai il pugno sul tavolo.

Vedendo le mie emozioni riflesse negli occhi, Beck annuì lentamente. "Proprio come pensavo. Non perdere questa occasione. Se non ci provi non saprai mai come andrà a finire. Se non ci provi hai perso in partenza. E non mi dai l'impressione di essere uno a cui piace perdere."

Capitolo Trentasei

WARD

Il tempo di farmi qualche altra birra e sulla porta apparve Susannah, seguita da Maisie, Amelia e Lucy. Un brivido di desiderio puro mi percorse non appena posai lo sguardo su di lei. Cazzo. Mi mancava da morire.

Beck e Levi stavano giocando a biliardo in un angolo del locale, mentre io ero rimasto al tavolo con Cade e altri colleghi. Lucy e Maisie andarono dai loro uomini, mentre Amelia si avvicinava a noi. Susannah, che sembrava non avermi ancora notato, andò al bar.

Si fermò a salutare una signora che non conoscevo. In quel momento ricordai che anche Chad era lì. L'aveva notata subito e aveva preso a fissarla. Oh, no, no. Mi costrinsi a non agire subito, sperando che non facesse niente di stupido.

Ma purtroppo per lui lo vidi alzarsi e andare da lei. Le disse qualcosa che la fece irrigidire all'istante.

Spinsi indietro la sedia e mi feci strada tra i tavoli per raggiungerli. Mi misi accanto a Susannah, che mi lanciò un'occhiata scaltra.

"Ehi," esordii.

Avevo quasi paura che non mi avrebbe risposto, ma per fortuna non mi ignorò. "Ciao, come va?" Annuii in risposta e indicò la signora al suo fianco. "Ward, ti presento Gloria Phillips, la madre di Levi."

Il suo commento mi destabilizzò. Mi ero avvicinato per affrontare Chad, non per chiacchierare. Per il momento cercai di dimenticarlo e mi costrinsi a guardarla. "Piacere di conoscerla. Levi è proprio un brav'uomo."

Gloria sfoderò un sorriso. La somiglianza con il figlio era impressionante, stessi capelli dorati e occhi azzurri. Fece l'occhiolino e rispose. "Ma certo che lo è. Sono sua madre, quindi l'ho cresciuto bene. Benvenuto a Willow Brook, anche se ormai so che sei qui da più di un mese. Come ti stai trovando?"

"È un bel posto e mi sento molto a mio agio in caserma. Ho un'ottima squadra."

Gloria annuì con un sorriso, voltandosi quando qualcun altro la chiamò. Poi strinse la spalla di Susannah con affetto e la salutò. "Mi ha fatto tanto piacere vederti, cara. Per ogni cosa, sai dove trovarmi, ok?"

"Certamente, vale lo stesso anche per te," disse Susannah.

Gloria incrociò di nuovo il mio sguardo, senza smettere di sorridere. "È stato proprio un piacere, Ward. Spero di vederti molto più spesso."

C'era come un significato nascosto in quelle parole che non riuscii però a comprendere. Quasi sicuramente era amica della madre di Susannah, quindi magari sapeva della gravidanza.

"Senza dubbio. È stato un piacere anche per me," fu la mia risposta banale.

Finiti i convenevoli, Gloria se ne andò e riportai la mia attenzione su Susannah. Chad era ancora lì vicino, con gli occhi puntati su di noi. Mi anticipò prima che potessi dire qualcosa.

"Beh, la squadra lo sa che scopate? Che ne pensano?" chiese Chad, con un ghigno.

Il volto di Susannah sbiancò per poi diventare più rosso di un peperone. Proprio in quel momento alcuni nostri compagni di squadra erano a portata di orecchio. Sentii alcune occhiate curiose addosso, ma le ignorai. Una violenta rabbia cominciò a montarmi dentro. "Cosa cazzo hai detto?" gli chiesi, la voce che vibrava di disprezzo.

Certo, fino a una settimana prima era vero, non riuscivamo a starci lontani. Poteva pure insultarmi e dire quello che voleva sul mio conto. Ma non avrebbe mai dovuto azzardarsi a umiliare Susannah in quel modo.

Chad sbuffò e ci guardò, gli occhi privi di alcuna emozione. "Mi hai sentito benissimo. Però proprio non capisco come hai fatto a convincere questa figa di legno a dartela."

Alle sue parole, mi andò in tilt il cervello. Persi completamente la cognizione di ogni cosa attorno a me. Feci un passo verso di lui, portando indietro il pugno e afferrandolo con l'altra mano per il colletto. Lo sollevai da terra e lo colpii con forza dritto in faccia.

Lanciò un urlo e del sangue prese a sgorgargli dal naso. Un attimo dopo qualcuno mi afferrò per tirarmi via. Cercai di liberarmi dalla presa.

"Lascialo andare, Ward," disse qualcuno al mio orecchio.

Mi voltai e vidi Cade, che mi stringeva il braccio come una morsa. Contro Chad avrei sicuramente vinto io, ma Cade? No, non sarebbe stato altrettanto facile. Eravamo praticamente alla pari, quasi la stessa altezza e stazza. Era un uomo possente e muscoloso, che non si faceva mettere i piedi in testa da nessuno. Non avrebbe di certo esitato a usare le maniere forti per impedire che facessi un'altra stronzata.

Provai comunque a liberarmi di nuovo. La scenetta attirò una folla di curiosi. Beck e Levi raccolsero Chad da terra e lo trascinarono via, scacciando gli altri clienti.

Trovai Susannah tra la folla, gli occhi sbarrati e una maschera di rabbia sul viso. "Zanna..." cominciai.

Scosse con decisione la testa e fissò Chad, lo sguardo assassino. Si avvicinò a passo pesante e, senza la benché minima esitazione, gli sferrò un pugno in faccia. "Vaffanculo, Chad. Sei talmente cretino da non capire che nessuno vuole perdere tempo con un verme come te."

Porca miseria, sembrava quasi una meravigliosa divinità guerriera.

Poi si voltò e si avviò verso il retro del locale.

Feci per seguirla, ma Cade mi tirò indietro con uno strattone. "Dove pensi di andare?"

"Devo parlarle," risposi. "So che ho fatto una stronzata, ma tu non hai sentito cosa le ha detto quel coglione."

"Oh, sì che l'ho sentito. Non ti sto dicendo che hai sbagliato, ma non posso permetterti di peggiorare la situazione. Se Chad decidesse di sporgere denuncia, mio padre non potrebbe negarglielo. È un uomo che segue sempre la legge," dichiarò Cade, alzando gli occhi al cielo.

"Non mi importa," replicai piattamente. "Devo parlarle."

Cade mi studiò il volto e mi lasciò andare. Un

lampo di empatia gli attraversò gli occhi e mi si strinse il cuore. Probabilmente avevo l'aria disperata. Dentro lo ero senz'altro. Dovevo raggiungere Susannah. Il prima possibile. "Se arriva tuo padre, digli che torno subito."

Cade annuì e corsi via, arrivando proprio appena Susannah si infilò nel corridoio che portava al parcheggio. Aumentai il passo e la raggiunsi. "Susannah!"

Si voltò e mi fulminò con lo sguardo. "Ma che cazzo hai fatto, Ward? Come ti è saltato in mente?"

"Ti ha insultata e non potevo fargliela passare liscia."

"So badare a me stessa," replicò.

L'aria si fece più pesante, carica di parole non dette e sentimenti repressi. Vicino a lei il mio cuore batteva sempre all'impazzata, così forte da far vibrare ogni singolo muscolo del corpo.

Era passata una settimana intera dall'ultima volta che ci eravamo visti e non mi aspettavo una simile ondata di emozioni. Mi si formò un groppo alla gola e facevo fatica a respirare. Dopo qualche secondo, Susannah distolse lo sguardo.

Un gruppo di clienti entrò in corridoio e ci passò accanto, poi ne arrivò un altro ancora. Quando ci ritrovammo di nuovo da soli, la trascinai nel piccolo bagno lì accanto.

Mi chiusi la porta alle spalle e si liberò con forza dalla mia presa. "Che cazzo stai facendo?" sibilò. "Non hai alcun diritto di comportarti così. Chad è un vero stronzo, ma lo è sempre stato e sempre lo sarà. Soltanto perché ha detto una cattiveria non dovevi sentirti autorizzato a picchiarlo e fare una scenata. E, tanto per chiarirci, non è il pugno che mi ha dato fastidio, ma la scenata."

Lacrime amare le facevano brillare gli occhi. Mi

avvicinai, sentendo il bisogno di toccarla. La sentii irrigidirsi sotto il mio tocco, anche se però non lo respinse. Continuava a non guardarmi.

In quel momento compresi per la prima volta la definizione di cuore spezzato. Il suo rifiuto fisico ed emotivo mi stava distruggendo e sentivo il cuore spaccarsi in due. Era un dolore così intenso, quasi intollerabile.

"Zanna..."

Si decise finalmente a guardarmi, i suoi occhi meravigliosi colmi di rabbia. "Non chiamarmi in quel modo."

"So che sai badare a te stessa. Resta il fatto che ti amo."

Sbarrò gli occhi alle mie parole e una lacrima le rigò il viso. Fece un respiro profondo e, lasciandosi andare, scoppiò a piangere. La strinsi tra le braccia e, finalmente, si abbandonò contro di me.

Capitolo Trentasette

SUSANNAH

Feci un altro respiro tremolante, poggiata alla maglietta fradicia di Ward. Non riuscivo a smettere di piangere. Ma in realtà era normale. Durante quella settimana di lontananza avevo cercato di essere forte per non crollare, ma mi era mancato terribilmente. Senza di lui mi sentivo completamente sola.

Finalmente avevo accettato i miei sentimenti. Mi ero innamorata di lui e non aveva più senso negarlo. Gli ormoni della gravidanza non facevano che peggiorare le cose. La mia vita aveva preso una piega inaspettata, ma non potevo fare altro che andare avanti.

Le sue braccia forti e rassicuranti mi avvolgevano tutta. Con una mano mi accarezzava la schiena, mentre l'altra scivolava tra i miei capelli. Amavo il suo profumo, agrumato e allo stesso tempo legnoso. In vita mia, mai avevo fatto caso all'odore di un uomo. Ma quello di Ward? Non avrei mai potuto dimenticarlo.

Avrei preferito non mostrarmi così vulnerabile, mi sentivo assolutamente mortificata. Ero però troppo esausta a livello mentale per fermarmi. Erano giorni che non dormivo. Dopo un po', qualcuno bussò alla porta.

"Susannah?" Era la voce di Maisie.

"Vuoi parlarle?" mi domandò sottovoce Ward, con cautela.

Scossi la testa contro il suo petto. "Non adesso," mormorai.

"Susannah?" insistette Maisie. "Voglio solo sapere come stai."

"Posso dirle che stai bene?"

Annuii e mi lasciò andare i capelli, girandosi leggermente per aprire la porta alle sue spalle. Era un bagno molto piccolo in cui ci stavamo a malapena in due, stretti tra la parete e il lavandino.

"Sta bene," le riferì Ward, dallo spiraglio.

"Sei sicuro? Voglio parlarle," affermò con decisione Maisie.

Ward non sembrò minimamente offeso dalla sua perseveranza. Lo sentii annuire e il petto vibrò contro il mio orecchio quando le rispose. "Aspetta un attimo."

Sollevai lo sguardo, realizzando che non potevo continuare a nascondermi sul suo petto. Incrociai i suoi occhi, colmi di una preoccupazione così sincera che per poco non scoppiai di nuovo in lacrime. "Mi sa che non se ne va finché non le parli."

"Guardate che vi sento," dichiarò Maisie da dietro la porta.

Mi scappò da ridere. Certo che le mie amiche erano proprio protettive. "Sto bene," le dissi, restando tra le braccia di Ward. "Davvero."

"Mi bastava sapere quello," replicò Maisie, chiudendo la porta.

Ward si voltò a chiuderla a chiave e poi mi spostò alcune ciocche di capelli dal viso, bagnate dalle lacrime e dalla sua maglietta. Quando tirai su col naso, prese della carta igienica e me la offrì. "Non è un vero fazzoletto, ma..."

"Va benissimo," gli dissi, accettandola.

Mi soffiai rumorosamente il naso e asciugai le guance, per poi gettarla nel cestino sotto il lavandino. Come mi girai verso di lui, notai il mio riflesso allo specchio. Avevo le guance tinte di rosso e gli occhi gonfi per il pianto. Ero un vero disastro. Presi coraggio e guardai Ward negli occhi.

Incrociò il mio sguardo, il suo fermo ma allo stesso tempo insicuro. Non l'avevo mai visto così. Restammo fermi a guardarci in quel piccolo bagno, in sottofondo i rumori ovattati del ristorante. I passi di un altro gruppo di persone riecheggiarono in corridoio.

"Non volevo crollare in quel modo davanti a te. Diciamo che quest'ultima settimana non è stata delle migliori," affermai dopo un po'.

Rimase in silenzio, studiandomi il volto. Sollevò di nuovo la mano per spostarmi alcuni riccioli ribelli dietro l'orecchio. Il mio corpo mi tradì anche quella volta. Un gesto così banale, eppure un brivido mi attraversò dal collo fino alle dita dei piedi, facendomi venire la pelle d'oca.

"Già, è stata una settimana terribile," commentò guardandomi negli occhi, la voce profonda e roca. "Mi sei mancata ogni singolo minuto di ogni singolo giorno. Come ti senti?"

"Diciamo che le nausee sono finite, ma mi sono venute voglie stranissime." Con un respiro profondo mi decisi a essere sincera, dopo la terribile figuraccia. "Mi manchi. È una situazione del cavolo. Non devi sentirti costretto a dirmi che mi ami."

L'argento dei suoi occhi luccicò e mi prese il viso tra le mani, lo sguardo ardente fisso nel mio. "Non mi sento costretto a farlo. Ti amo e basta."

"Mi stai...?" feci per chiedere, ma mi si seccò la gola quando scosse con decisione la testa.

"Non lo direi mai se non fosse vero. Ti amo. E lo sapevi già."

Travolta da un'altra ondata di emozioni, scoppiai di nuovo in lacrime. Mi asciugai le guance con la manica e lo guardai. Aveva l'aria confusa e sconcertata, come se non sapesse cosa fare con me in quelle condizioni.

Nemmeno io sapevo cosa fare.

"Mi dispiace, Zanna. So che è un vero casino," mormorò, chinandosi a prendere dell'altra carta igienica. Prima di passarmela, mi tamponò delicatamente il viso. Mi soffiai il naso e feci un respiro profondo.

"Non è colpa tua. Ti amo e sono un vero disastro. Cioè, guardami," gli dissi, agitandomi una mano davanti al viso.

Mi guardò e un sorriso gli incurvò le labbra. "Sei bellissima."

Alzai gli occhi al cielo e mi soffiai di nuovo il naso. "Come no. Non c'è bisogno di dire balle, sai."

Scosse la testa e mi riprese tra le braccia. Le sue spalle si sollevarono e riabbassarono con un respiro profondo, poi ogni muscolo del suo corpo si rilassò contro il mio. Soltanto allora notai l'erezione prorompente che premeva contro il basso ventre. Il mio sesso reagì alla sensazione.

Come se mi avesse letto nel pensiero, disse, "Ignoralo. Quando sono con te non riesco a controllare il mio corpo. Ti assicuro che non ti ho trascinata qui dentro per quello."

Le sue parole mi strapparono una risata. "Tranquillo. Ho il tuo stesso problema," confessai, guardandolo con un sorrisetto.

Lì fermi a guardarci, un senso di gioia mi pervase. Qualcun altro bussò alla porta e una voce sconosciuta interruppe il momento. "Ehi, c'è nessuno? Mi sto pisciando addosso."

Scoppiai di nuovo a ridere e Ward rise con me. Rispose alla voce, "Giusto un minuto."

Poi il suo sguardo si fece serio. "Cade mi ha avvertito che Chad potrebbe sporgere denuncia per l'aggressione."

Mi ero completamente dimenticata dei fatti che mi avevano portata a piangere lì in quel bagno. "Ti prego, fammi la cortesia di non prendere più a pugni un altro uomo per me. So badare a me stessa."

Si strinse nelle spalle, senza dare il minimo segno di rimorso. "Se qualcun altro dovesse osare rivolgersi a te in quel modo, ho tutto il diritto di prenderlo a pugni."

Lo guardai, scuotendo la testa. Dovevo proprio innamorarmi di un uomo così alfa, eh? Alzando gli occhi al cielo, feci un passo indietro, allontanandomi per quanto lo spazio ristretto permettesse. "D'accordo, direi che è arrivato il momento di tornare nel mondo reale."

Lo sguardo nel mio, mi accarezzò i capelli e poi prese il viso tra le mani. "Dicevo sul serio, sai? Ti amo. Sai cosa significa? Che non ti libererai mai di me."

Col cuore a mille e senza fiato, una gioia immensa mi vorticò dentro. "Ti amo anche io. Continuiamo la conversazione da un'altra parte, dobbiamo uscire da qui," dissi, quando bussarono di nuovo alla porta.

Capitolo Trentotto

WARD

Molte, molte ore dopo, scivolai sotto le lenzuola accanto a Susannah. Avrei lasciato subito il Wildlands insieme a lei, ma mentre eravamo in bagno qualcuno aveva chiamato la polizia e Rex si era recato sul luogo. Ce l'eravamo cavata perché quell'idiota di Chad, ubriaco marcio, aveva provato a colpire Beck e Levi mentre lo stavano portando via.

Chiamiamola fortuna, ma aveva tirato un bel pugno a Beck, quindi Rex si limitò a farci la ramanzina e diede a Chad due scelte: o finivamo tutti nei guai o non ci finiva nessuno. Certo, Chad era un vero stronzo, ma non stupido. Per evitare casini, preferì chiuderla lì.

Poi Susannah mi aveva chiesto il favore di parlare con i pochi colleghi che avevano assistito a quella lite a dir poco imbarazzante. Con il suo permesso, avevo spiegato loro la nostra situazione e che ci conoscevamo da tempo.

Durante quella settimana di pausa, aveva deciso inoltre di passare dalla squadra di hotshot a quella locale, trovando fosse la mossa più intelligente per il futuro. Testuali parole, "Quando ci sarà il bambino non possiamo partire entrambi in missione per settimane, bloccati nel bel mezzo del nulla. In questo modo non devo rinunciare alla mia passione e posso restare sempre qui."

L'idea non mi convinceva al cento per cento, ma in effetti aveva ragione. Inoltre, avevo capito che non potevo imporle niente e dovevo lasciarla libera di scegliere per se stessa. Doverla abbandonare per giorni e giorni sarebbe stato terribile, ma non potevo fare altro che accettarlo. Perché poi l'alternativa, ovvero lasciare a qualcun altro il bambino, sarebbe stata ancora più terrificante.

Erano giorni che non vedevo l'ora di infilarmi a letto con Susannah. Si era messa su un fianco, quindi mi posizionai dietro di lei. La pelle calda e vellutata proprio come la ricordavo, sentirla contro la mia era meglio del paradiso. Quando l'erezione le toccò il fondoschiena, mormorai, "Ignoralo."

Rise e portò una mano dietro la schiena, avvolgendola attorno all'asta dura. "E se non volessi ignorarlo?" domandò con voce suadente.

"Non potrei certo dire di no. Non a te."

Il suo profumo mi inondò le narici quando incominciai a tracciarle una scia di baci lungo la curva del collo, assaporando la pelle con le labbra e la lingua. Nel frattempo le presi il seno tra le mani, stuzzicando i capezzoli con le dita.

Si era infilata nel letto completamente nuda. Neanche l'Apocalisse mi avrebbe impedito di fare l'amore con lei. Quando le feci scivolare la mano sul ventre, la sua voce mi riportò alla realtà.

"Si sente che ho messo su peso?"

Lo accarezzai dolcemente. "Io non lo chiamerei

mica *peso*. Sono tutte curve. E sai, per me meglio sono meglio è. La gravidanza ti ha resa ancora più sexy."

Quando rise, feci scendere le dita tra i riccioli dell'inguine fino ad arrivare alla sua deliziosa femminilità, trovandola calda, bagnata e pronta per me.

Non potevo aspettare un secondo di più; era passato troppo tempo dall'ultima volta. Quella settimana era durata un'eternità. Le afferrai la coscia per passarle la gamba sopra la mia e avere più accesso. Iniziò subito a strusciarsi contro di me, disperata.

"Ti prego, Ward."

Lasciandomi guidare dal puro desiderio, afferrai il membro e con l'altra mano le accarezzai il sedere rigoglioso. Separai le natiche e, con un colpo secco, affondai dentro di lei, calda e stretta.

Rimasi fermo a godermi la sensazione di essere di nuovo congiunto a lei. Tra di noi c'era un'intimità così familiare, così speciale. Con lei mi sentivo a *casa*.

Le spostai i capelli dalla guancia e ci posai sopra la mia, iniziando a muovermi dentro di lei. I suoi muscoli pulsavano e si stringevano attorno alla mia erezione, portandomi già quasi al limite. Con una mano le esplorai il seno e di nuovo il ventre, arrivando a stuzzicarle il clitoride.

Urlò il mio nome, la voce strozzata. Esplose con violenza attorno a me e l'orgasmo mi travolse, devastante.

La strinsi a me, godendomi a pieno il momento. Finalmente una profonda sensazione di calma mi cullò, dopo tutti quegli sforzi disumani per tenermi dentro tutto.

Dopo qualche secondo, Susannah parlò. "E io che speravo di riuscire a resistere alla tentazione."

"Mi sa che è colpa mia."

Rise e fece per voltarsi, ma scossi la testa. "Non ti muovere."

"Perché?" domandò.

"Perché voglio restare così. Magari per sempre."

Sentii la sua guancia sollevarsi in un sorriso, poi sollevò la mano per arruffarmi i capelli. "Tra un po' devo fare la pipì, però. Ultimamente mi scappa sempre."

Anche se con riluttanza, la lasciai andare e mi misi comodo sui cuscini. Tornò poco dopo e si infilò di nuovo sotto le coperte. Accoccolata contro di me, si mise a disegnarmi dei cerchi sul petto con le dita.

"Voglio un cane," disse di punto in bianco.

Non riuscii a trattenere una risata. "Ok. E com'è che me lo dici ora? Perché vuoi un cane?"

"Ho sempre voluto un cane, ma con il mio lavoro sarebbe stato impossibile. Ma con il bambino e il trasferimento alla squadra locale possiamo permetterci di averne uno."

Mi scoppiò il cuore di gioia. "Se vuoi un cane, allora prendiamo un cane."

Capitolo Trentanove

SUSANNAH

Scivolai lentamente sul lettino, pervasa da un brivido al contatto con la carta fredda sotto il corpo. La vestaglietta in cotone non bastava a tenermi al caldo. Lanciai un'occhiata a Ward, dondolando con ansia le gambe. Il cuore mi batté contro le costole quando vidi l'espressione sul suo volto. Mi stava guardando, i suoi meravigliosi occhi argentati fissi su di me. Un leggero tic nervoso della mascella lo tradiva.

In quella stanza così piccola, riuscii a sentire perfino quando deglutì. La ventiduesima settimana di gravidanza era finalmente arrivata ed ero lì per l'ecografia che ci avrebbe rivelato il sesso del bambino. In una buffa conversazione, quella mattina Ward mi aveva confessato che se fosse stata una bambina gli sarebbe venuto un infarto.

Con le mani sui fianchi, l'avevo fulminato con lo sguardo. "E che problema ci sarebbe se fosse una bambina?"

"Nessuno, assolutamente nessuno. Ma mi preoccuperei il doppio."

"Ti sei mai preoccupato per me?" avevo replicato.

Con due lunghe falcate era arrivato di fronte a me, prendendomi il viso tra le mani. "Certo. Durante l'addestramento insieme, non immagini neanche quanto. Non perché non ti ritenessi in grado di farcela. Affatto. Sei più forte, intelligente e coraggiosa di qualsiasi uomo conosca. Però sei troppo importante per me, quindi non posso fare a meno di preoccuparmi."

La sua confessione mi aveva fatto battere forte il cuore. Uomo di poche parole, ogni volta che mi parlava mi lasciava senza fiato.

Persa in quel ricordo, notai dopo un po' che aveva abbassato lo sguardo. Sentendo il mio su di sé, lo incrociò di nuovo. Gli sorrisi. "Non ti preoccupare. Andrà tutto bene."

Scosse la testa e fece una risata. Raddrizzò la schiena e sospirò. "I dottori mi rendono nervoso."

Bussarono alla porta e Ward mi guardò perplesso.

"Bussa sempre prima di entrare per assicurarsi sia pronta," gli spiegai. "Avanti."

La dottoressa Jenkins entrò nella stanza e dopo essersi chiusa la porta alle spalle si raddrizzò gli occhiali sul naso. "Come va?" domandò.

"Meglio. Le nausee stanno davvero diminuendo. Finalmente posso riprendere a respirare."

Annuì e si accomodò sullo sgabello, girando lo schermo verso di sé. Dopo aver premuto qualche tasto sulla tastiera, osservò lo schermò e mi guardò. "Allora, avete deciso?"

Lanciai un'occhiata a Ward.

"Perché guardi me?" domandò.

"Beh, stamattina non mi sembravi molto convinto."

Un sorriso gli incurvò le labbra e si strinse nelle spalle. "Sì, dai. Meglio saperlo da subito, così possiamo abituarci all'idea."

La dottoressa accennò un sorriso, ma non disse nulla. Ward la guardò, imbarazzato. "Rida pure. Non mi sono mai sentito tanto smarrito in vita mia. È il mio primo figlio. Non ho mai pensato di diventare padre," affermò.

La dottoressa si lasciò andare a una risata. "C'è una prima volta per tutto. Sarà una vera avventura. E il fatto che sia venuto qui..." fece una pausa, lo sguardo serio, "La dice lunga."

Ward annuì e posò i gomiti sulle ginocchia.

La dottoressa si alzò e mi guardò. "D'accordo, sai cosa fare."

Mi sdraiai sul lettino, facendo accartocciare rumorosamente la carta. Poi mi passò la sonda e mi indicò come muoverla. Mi spruzzò del gel sul ventre, che trovai piacevolmente tiepido. "Oh, wow. Ero pronta al peggio."

Sfoderò un sorriso. "Immagino. Da quando ci hanno approvato il permesso, possiamo scaldarlo."

Ward rimase fermo e in silenzio a guardare. La dottoressa mi passò lo strumento sul ventre, posizionando meglio la sonda all'interno.

"È tutto perfetto. Ci vedi?" mi domandò in tono affettuoso.

Allungai il collo per vedere meglio l'immagine in bianco e nero sullo schermo. "Allora, quella è la testa," disse, indicando.

Ward si alzò in piedi e si avvicinò, posando una mano calda sul mio polpaccio. Averlo lì con me, in un momento così importante, era un'emozione indescrivibile. Quel futuro non l'avevamo scelto, ma perfino gli incidenti possono cambiarti la vita nel modo più magico possibile.

"D'accordo. Quindi siete sicuri di voler sapere il sesso?" ci chiese di nuovo la dottoressa Jenkins.

Mi girai verso Ward e i nostri sguardi si incontrarono. Era come se fossimo da soli, avvolti in un'intimità che faceva vibrare l'aria fredda intorno a noi. Non c'era neanche bisogno di scambiarci una parola, i nostri occhi dicevano già tutto.

Annuì lievemente e risposi per entrambi, "Vogliamo saperlo."

"È un maschio."

Una gioia incontenibile mi scaldò il cuore. Ward mi guardò, con un sorriso raggiante.

"Quindi non dovrai preoccuparti, eh?"

Mi strinse il polpaccio, facendo salire la mano fino al ginocchio. "Oh, no, eccome se mi preoccuperò."

Lo guardai e mi sentii quasi soffocare dall'emozione. Di nuovo. Non riuscivo a smettere di sorridere, mi facevano pure male le guance. Mi resi conto delle lacrime soltanto quando la dottoressa Jenkins mi porse un fazzoletto.

"Vi lascio soli qualche minuto," disse, aiutandomi a rimuovere la sonda e pulendo il ventre dal gel.

Con un sorriso affettuoso, andò alla porta. "Torno fra un po'. Devo controllare un altro paio di cose."

Allo schiocco della serratura, Ward si chinò e catturò le mie labbra in un bacio improvviso. Sollevò la testa e mi spostò dei capelli dal viso, guardandomi con occhi così pieni d'amore che dovetti trattenere le lacrime.

"Che sia maschio o femmina non mi importa. Sono solo emozionato per il nostro futuro insieme," mormorò.

Lo guardai, con il cuore che batteva all'impazzata. Era tutto così assurdo. Dopo una notte indimenticabile insieme, quell'uomo che ero convinta non avrei mai più rivisto era diventato una parte fondamentale della mia vita.

———

Qualche giorno dopo, mi trovavo nella cucina di Ward. In quelle ultime settimane avevamo iniziato a frequentare di più casa sua. Probabilmente per il semplice fatto che era più spaziosa. Adoravo la mia casetta, ma non era adatta a una famiglia.

Presi un tagliere dall'armadietto e iniziai a tagliare le verdure.

In quel periodo avevo scoperto che Ward amava la mia cucina, quindi cercavo sempre di fargli trovare tutto pronto in tavola quando tornava a casa dal lavoro. Per fortuna i miei turni erano diventati molto più leggeri e regolari, perché vedere la sorpresa sul suo volto ogni sera mi scaldava il cuore.

Al rumore di pneumatici sul vialetto, uno stormo di farfalle mi invase lo stomaco. Quel senso di trepidazione probabilmente non mi avrebbe mai lasciata. Continuai a tagliare le verdure per trattenermi dal correre alla finestra per guardarlo, come una ragazzina innamorata.

Quella sera fu lui a sorprendere me. Entrò in casa e si chiuse la porta alle spalle, quando sentii dei passetti correre verso di me. Abbassai lo sguardo e trovai una creaturina pelosa che scodinzolava all'impazzata ai miei piedi. "Oh, mio Dio! Un cucciolo!"

Mi chinai per prenderlo in braccio. Era una femminuccia con il pelo marrone riccioluto, così setoso e morbido. Sembrava quasi un mocio per pulire per terra. Due occhietti marroni vispi spuntavano da sotto il pelo. Me la strinsi al petto, ridendo quando cominciò a leccarmi il viso.

Ward si appoggiò al bancone a guardarci. "Il cane di Jesse ha partorito due mesi fa, quindi ho pensato di farti una sorpresa. Era l'ultima rimasta."

Guardai di nuovo la cagnolina e per poco non scoppiai a piangere. In quegli ultimi mesi avevo pianto più che in tutta la mia vita. Ma in quell'ultimo periodo solo lacrime di gioia. Ward, un uomo così cupo e austero di natura, distaccato e gelido, continuava a sorprendermi con la sua infinita dolcezza.

Si fiondò da me. "Perché piangi?"

Sorrisi, mentre una lacrima solitaria mi rigava il viso. "Sono felice. Non riesco a crederci che l'hai fatto davvero."

Mi guardò con un luccichio negli occhi. "Farei qualsiasi cosa per te."

EPILOGO

....

Ward

Con lo sguardo fuori dal finestrino dell'aereo, osservai i monti che sfrecciavano sotto di noi. Era una giornata serena, con il sole alto nel cielo che proiettava i suoi raggi sulle cime innevate. L'oceano si estendeva in lontananza, un chiaro indizio che Willow Brook era sempre più vicina.

Willow Brook era diventata la mia casa. Era un paesino adorabile in cui potevo crescere la mia famiglia. La mia vita girava ormai intorno a Susannah e Wayne, il centro del mio universo.

La missione era durata tre lunghe settimane. La passione per il mio lavoro non si era spenta, ma quei due mi mancavano da impazzire ogni volta che dovevo stare lontano. Feci un respiro profondo e poggiai la testa al sedile, voltandomi verso Beck. Sollevò lo sguardo dal telefono e mi guardò.

"Fammi indovinare," gli dissi. "Stai sentendo Maisie?"

Sfoderò un sorriso. "Certamente. Adesso anche tu puoi capire come mi sento. A casa c'è la tua famiglia ad aspettarti."

Non mi vergognavo ad ammettere che avrei fatto qualsiasi cosa per loro. Ricambiai il suo sorriso. "Eccome se lo capisco. Stare lontano da loro è l'unica cosa che detesto del nostro lavoro."

Beck annuì. "Sono assolutamente d'accordo. Ma ti fa capire cos'è davvero importante."

———

Quella sera, o meglio, nel cuore della notte, riposavo sui cuscini mentre Susannah dava la poppata a Wayne. La luce di una lampada nell'angolo metteva in risalto le striature dorate dei suoi capelli. La guardai con il cuore colmo d'amore, chiedendomi se mi sarei mai stancato di farlo.

I suoi riccioli ramati le ricadevano sulle spalle e aveva gli occhi stanchi. Era bella da togliere il fiato. Le feci scivolare un dito lungo la curva del collo e la spalla. Incrociò il mio sguardo, rivolgendomi un sorriso esausto. "Non vedo l'ora che inizi a dormire tutta la notte."

"Dai, almeno adesso si sveglia solo una volta sola. Ha fame. E per fortuna si riaddormenta subito dopo la poppata."

Annuì e posò lo sguardo su Wayne, accarezzandogli i riccioletti scuri. Calò un silenzio sereno, per nulla scomodo. Susannah emanava sempre un'aura confortante.

Wayne si addormentò pochi minuti dopo e lasciò finalmente andare il capezzolo. Susannah si alzò con cautela ed entrò nella stanzetta adiacente per lasciarlo nella culla. La casa era stata sicuramente progettata per una famiglia, con una cameretta perfetta per un bambino accanto alla camera padronale.

Scivolò sotto le lenzuola e si accovacciò al mio

fianco, guardandomi negli occhi. "Ehi, non c'è bisogno che ti svegli sempre con me. Devi dormire."

Scossi la testa, con un'alzata di spalle. "Ma voglio farlo. Detesto dovervi stare lontano. Quindi quando sono qui voglio darti tutto il mio appoggio. Siamo una squadra. Ci penserei io a dargli la pappa, ma preferisce te."

Susannah sorrise dolcemente. "D'accordo. Però sappi che non devi sentirti costretto a farlo."

Visto che con lei non riuscivo mai a mantenere il controllo, sollevai una mano e le accarezzai la pelle vellutata del collo, scendendo fino a un capezzolo. Le sue curve già rigogliose erano esplose e amavo ogni centimetro del suo corpo meraviglioso.

Quando la sentii trattenere il fiato incrociai i suoi occhi, sempre più intensi. Mi ritrovai a ringraziare il Signore per l'ennesima volta, perché anche lei era pazza di me tanto quanto io lo ero di lei. La afferrai per la vita e la tirai sopra di me, gemendo di piacere quando la femminilità umida toccò la mia erezione.

"Wow, sei pronto," osservò con una risatina.

"Sono state tre lunghe settimane." La guardai e mi si strinse il cuore. Avrei fatto qualsiasi cosa per la mia donna.

"Oggi te l'ho già detto che ti amo?"

Annuì piano e un sorriso le incurvò le labbra.

"Oh, ottimo," mormorai, stringendola a me e catturando le sue labbra in un bacio mozzafiato.

Nel prossimo romanzo della serie Il Fuoco Della Passione:

A seguire, la storia di Caleb ed Ella in Un Fuoco Straordinario. Un amore sbocciato durante gli anni delle superiori e sconvolto da una tragedia che li ha allontanati. Segui quest'avventura epica che riporterà insieme i due protagonisti per una seconda chance. "Una lettura piacevole, strappalacrime e intensa che ti tiene incollato alle pagine! Una chimica pazzesca che lascerà tutti col fiato sospeso!" Non perderti la storia di Caleb!

Prenota usando 1-Click: Un Fuoco Straordinario

L'AUTORE

J. H. Croix, autrice bestseller americana, vive con il marito e due cani molto viziati in una piccola cittadina del Maine. Croix scrive romanzi contemporanei da capogiro, con eroine grintose e maschi alfa che non hanno paura di mettere a nudo le proprie emozioni. Il suo amore per i borghi suggestivi e i loro abitanti traspare dalla sua scrittura. Lasciatevi trasportare nel mondo turbolento dei suoi romanzi bestseller!

jhcroixauthor.com
jhcroix@jhcroix.com